塞巴斯蒂安·奈特的真实生活

THE REAL LIFE OF SEBASTIAN KNIGHT　Vladimir Nabokov

弗拉基米尔·纳博科夫

谷启楠——译

上海译文出版社

Vladimir Nabokov
THE REAL LIFE OF SEBASTIAN KNIGHT

Copyright © 1941, Vladimir Nabokov

图字：09-2005-111号

图书在版编目（CIP）数据

塞巴斯蒂安·奈特的真实生活：新版/（美）弗拉
基米尔·纳博科夫（Vladimir Nabokov）著；谷启楠译
．—上海：上海译文出版社，2021.6
（纳博科夫精选集．Ⅲ）
书名原文：The Real Life of Sebastian Knight
ISBN 978-7-5327-8759-3

Ⅰ. ①塞… Ⅱ. ①弗… ②谷… Ⅲ. ①长篇小说—美
国—现代 Ⅳ. ① I712.45

中国版本图书馆CIP数据核字（2021）第093442号

塞巴斯蒂安·奈特的真实生活 The Real Life of Sebastian Knight	Vladimir Nabokov 弗拉基米尔·纳博科夫 著 谷启楠 译	出版统筹 赵武平 责任编辑 邹 滢 装帧设计 山 川

上海译文出版社有限公司出版、发行
网址：www.yiwen.com.cn
200001 上海福建中路193号
江阴市机关印刷服务有限公司印刷

开本787×1092 1/32 印张7.75 插页5 字数124,000
2021年7月第1版 2021年7月第1次印刷

ISBN 978-7-5327-8759-3/I·5405
定价：69.00元

献给薇拉

一

　　塞巴斯蒂安·奈特于一八九九年十二月三十一日出生在我的祖国以前的首都。在巴黎时，一位俄国老夫人偶然给我看了她过去的日记，不知为什么，她请求我不要透露她的姓名。那些年没发生过什么大事（从表面上看），因此记载日常琐事（这一向是自我维护的不高明方法）无非是简要描述当天的天气；在这方面我惊奇地注意到，国君的私人日记主要记载的也是同样的题材，无论他们的国家遇到什么样的麻烦。命运总是在无人理睬时才显出其本色，这一次人家主动给我提供了信息，这信息我自己大概一辈子都捕捉不到，即便是事先选定的猎物也捕捉不到。因此，我可以正式宣告：塞巴斯蒂安出生的那天早晨晴朗无风，气温是（列氏）零下十二度……然而那位好心的夫人认为值得记载的仅此而已。我想了想，觉得实在没必要替她隐瞒姓名。看来她根本不可能读到这本书。她的名字过去是、现在还是 Olga Olegovna Orlova[1]——三个字的开头都是"O"，形状像鸡蛋，而且押头韵，我要是不把这个告诉大家，那就太遗憾了。

　　老夫人的日记枯燥无味，没去过圣彼得堡的读者无法从她的描述中了解那个冬日所包含的种种快乐。天空万里无云，实在难得一见，上苍的意图不是让它暖人身体，而是让它悦人眼目；宽阔的大街上，雪橇辙印在轧得很结实的积雪上闪着柔和的光，辙印中央因混有许多马粪而略呈黄褐色；一个戴围裙的小贩在叫卖一把色彩鲜艳的小气球；房子的穹顶曲线柔和，粉末状的白霜使穹顶的镀金变得暗淡；公园里的杉树上，每根细小的枝条都镶上了白边；冬日里的车辆发出摩擦声和叮当声……顺便说一句，当你看着一张带照片的旧明信片（就像我为了让顽童般的记忆力多高兴一会儿而放在书桌上的这张），会想到俄国公共马车杂乱无序的情况，这多么奇怪呀。那些公共马车随时随地任意转弯，因此在这张涂色照片上你看不到现代常见的那种具有自我意识的直线车流，只能看到蓝天下一辆辆四轮敞篷马车在梦幻般宽阔的大街上任意穿行，那蓝得令人难以置信的天空在远处自然地融进一片你已司空见惯的粉红色光晕之中。

我一直没能搞到塞巴斯蒂安出生的房子的照片，但是我很了解那所房子，因为我就是在那里出生的，比他晚大约六年。我和塞巴斯蒂安为同父所生，父亲与塞巴斯蒂安的母亲离婚后不久就再婚了。奇怪的是，古德曼先生写的《塞巴斯蒂安·奈特的悲剧》（一九三六年出版，后面会详细提及）一书中竟只字未提这第二次婚姻。因此，读过古德曼那本书的读者一定会

1　用拉丁字母转写的俄语名，奥尔迦·奥列果夫娜·奥尔洛娃。

认为我这个人并不存在，不过是一个虚假的亲戚、一个唠唠叨叨的不速之客；可是塞巴斯蒂安本人在他最具自传性的作品《丢失的财物》中，却讲到了我的妈妈，说了一些好话——我认为妈妈受之无愧。塞巴斯蒂安去世后，英国报刊说他的父亲是在一九一三年的一次决斗中被杀的，这也不确切；事实上，父亲胸部的枪伤逐步好转，可是整整一个月之后他突然得了感冒，他的肺部尚未完全愈合，没抵挡住感冒的侵袭。

父亲是一个优秀的士兵，一个热心、幽默、情绪高昂的人，他生性爱冒险，不安于现状，而身为作家的塞巴斯蒂安正是遗传了这种性格特点。据说去年冬天在南肯辛顿的一次文学午餐会上，当人们聊起塞巴斯蒂安·奈特英年早逝的事时，一位著名的老评论家（我一向仰慕他的天才和学识）说："可怜的奈特！他实际上经历了两个阶段：第一阶段——用蹩脚的英语写作的乏味的人，第二阶段——用乏味的英语写作的心灰意冷的人。"这是一种恶意嘲讽，其恶意不仅仅表现在一个方面，因为议论一个已故作家并对他的作品妄加评论简直太容易了。我相信，这位小丑回忆起那句玩笑话来是不会感到骄傲的；现在更是如此，因为他在评论塞巴斯蒂安·奈特几年前的作品时表现出了更大的克制。

然而，必须承认，从某种意义上讲，塞巴斯蒂安的生活虽然远非乏味，但缺少他的文风所具有的那种巨大的活力。我每次打开他的书，仿佛都能看见我父亲冲进屋子——父亲总是猛地推开门，一下子就扑向他想要的东西或他所爱的人，这是他特有的作风。我对父亲最初的印象总是伴随着一种喘不过气的感觉：我觉得自己突然从地板上升腾起来，手中的玩具火车还有一半拖在地上，大吊灯的水晶挂件就垂在我的头旁边，险些碰着我。他会突然把我放下，就像把我提起来时那样突然，就像塞巴斯蒂安的散文体作品突然席卷读者，又让其惊恐地跌进下一个疯狂段落的欢快的突降描写 [1] 之中。还有，父亲最爱说的一些俏皮话似乎也突然成了美妙的花朵，出现在奈特最典型的小说如《穿黑衣的白化病患者》或《有趣的山》之中。《有趣的山》可能是塞巴斯蒂安最好的作品，讲的是一个优美怪异的故事，总让我想起一个孩子在睡梦中大笑的情景。

父亲是在国外遇见弗吉尼娅·奈特的，据我所知是在意大利，那时他还是个年轻的近卫军士兵，正在休假。他们两人第一次见面是在九十年代早期，与在罗马进行的一次猎狐活动有关，但这事我究竟是听妈妈说的呢，还是看见家庭照相簿上的几张褪色照片时下意识地想起来的呢，我实在说不好。父亲追求了弗吉尼娅很长时间。弗吉尼娅是一个有钱的绅士爱德华·奈特的女儿；关于爱德华·奈特我只了解这么一点点，但是从严厉任性的祖母（我还记得她的扇子、手套、冰冷苍白的手指头）强烈反对他们结合，并且在我父亲再婚后还不厌其烦

1　bathos，指写作中从严肃到荒谬、从崇高到世俗的突然变化。

地讲述她反对那段婚姻的情况来看，可以推断，奈特家族（不管他们是干什么的）并没有达到俄国旧政权那些穿红高跟浅色靴子的宫廷贵族们所要求的标准（无论是什么样的标准）。我也不能肯定父亲的第一次婚姻与他的军团的传统是否没有冲突——不管怎么说，他真正的军事业绩只是从对日战争[1]才开始的，那是在他的前妻离去之后。

我失去父亲的时候年纪还小；妈妈是在很晚的时候，在一九二二年，也就是在她接受最后一次手术前几个月，才把她认为我应该知道的几件事告诉了我，手术后她就去世了。我父亲的第一次婚姻并不幸福。那个妻子是个很怪的女人，无所顾忌，毫不安分——但不同于我父亲的那种不安分。我父亲的不安分表现在持续不断的追求，达到目的后才改换目标。而她的不安分则表现为半心半意的追求，变化无常，漫无目的，有时突然转向，远离目标，有时中途忘掉目标，就像你把雨伞忘在出租汽车上一样。她在某种程度上是喜欢我父亲的，至少可以说是一阵一阵地喜欢，而有一天她觉得自己可能爱上了另一个人（那人的名字我父亲始终没能从她嘴里打听出来），就突然离开了丈夫和孩子，就像雨点突然滑下山梅花的叶尖。刚才还承载着晶莹雨珠的叶片突遭遗弃，微微地向上颤动，这情景一

1　Japanese war, 此处指 Russo-Japanese War（日俄战争），日俄两个帝国为争夺在远东的权益所进行的战争，以日军在一九〇四年二月八日突袭驻旅顺口的俄国海军舰队开始，以两国在一九〇五年九月五日签署《朴次茅斯条约》告终。

定使我的父亲极度痛苦。我不愿意想象那天在巴黎一家旅馆里发生的事情：塞巴斯蒂安才四岁，由一位表情茫然的保姆照看着，父亲则把自己锁在房间里，"那种完全适合上演最惨的悲剧的特殊旅馆房间：一个擦得锃亮的停摆钟表（指针停留在两点差十分，活像涂了蜡的两撇胡子）罩在半圆形玻璃罩里，摆在令人厌恶的壁炉架上；一扇法国落地长窗，在窗玻璃和薄布窗帘之间有一只苍蝇乱飞；一张旅馆专用信纸，放在一叠多次使用过的吸墨纸簿上"。这是《穿黑衣的白化病患者》里的一句话，虽然从文本上讲它与那次灾难没有任何关系，但仍然保存了一个孩子对久远苦恼往事的回忆，那孩子在凄凉的旅馆里站在地毯上，无事可做，有的只是奇怪地扩展的时间，那错失的、无序扩展的时间……

远东的战事让父亲得以参加一种快乐的活动，这种活动虽然没让他忘记弗吉尼娅，但至少帮助他重新找回了生存的价值。他那活跃的自我主义只不过是男性生命力的一种形式，因此与他的慷慨本性是完全一致的。在他看来，不要说自我毁灭，就是长久的悲伤也一定是件卑鄙的事，是可耻的退让。他在一九〇五年再婚时一定感到满足，因为他在与命运抗争中占了上风。

一九〇八年，弗吉尼娅又出现了。她是一个执着的旅行者，总是到处游历，无论是住小旅店还是豪华宾馆都觉得像在家里一样，因为"家"对她来说不过是持续变动中的舒适场所而已。塞巴斯蒂安就是从她那里继承了对火车卧铺车厢和欧洲特快列车的一种奇怪的、几乎是浪漫的深情，他喜爱"夜间蓝色灯罩下抛光面板发出的轻柔噼啪声，列车在朦胧中到达旅客猜测的车站时车闸发出的悲哀长叹声，雕花皮窗帘的向上滑动（随即露出了站台、推行李车的男人、奶白色圆形路灯罩以及一只围着它飞的白蛾），一把看不见的锤子检测车轮发出的当哪声，列车进入黑暗时的滑动，以及一瞬间瞥见的景象——明亮的车厢里，一个孤独的女人在蓝丝绒座位上抚摸着旅行包里银光闪闪的东西"。

弗吉尼娅是在一个冬日乘坐北方快车来的，事先谁也没有通知；她派人送来一封措辞唐突的短信，要求见她的儿子。当时我父亲正在乡下猎熊，我妈妈就悄悄地把塞巴斯蒂安带到了弗吉尼娅下榻的欧洲饭店，弗吉尼娅只准备在那里待一下午。就是在那里，在旅馆的大堂里，我妈妈见到了丈夫的前妻。她是一个苗条的女人，稍微偏瘦，大黑帽子下面露出一张微微颤动的小脸。她已把面纱撩到嘴唇以上准备亲吻她的儿子，而她刚接触儿子就潸然泪下了，仿佛塞巴斯蒂安那温暖而柔嫩的额头既是她悲伤的源头又是她悲伤的圆满终结。吻过孩子之后，她立即戴上手套，用非常蹩脚的法语给我妈妈讲了一件毫无意义、不着边际的事，关于一个波兰女人如何在餐车里试图偷她的梳妆包。讲完后，她把一小包紫罗兰糖塞进塞巴斯蒂安手里，对我妈妈神经质地笑了笑，就跟着给她提行李的搬运工走了出去。情况就是如此，第二年她就去世了。

据弗吉尼娅的表兄 H. F. 斯坦顿说，弗吉尼娅在生命的最后几个月里漫游了整个法国南部，冒着酷暑去了旅游者足迹罕至的几个小镇，在一个地方只住上一两天——她很激动，很孤独（她已抛弃了她的情人），大概很不快活。人们会认为她是在逃避什么人或什么事，因为那些地方她都来回走了两趟；另一方面，了解她的情绪的人认为，她这样匆匆忙忙地跑来跑去，是她惯常的不安分心态的最后表现，只不过更为夸张罢了。一九〇九年夏天，她在罗克布吕纳因心脏衰竭（勒曼氏症[1]）去世。她的遗体运回英格兰时遇到了一些困难；她的家人早都死了；只有斯坦顿一个人在伦敦参加了她的下葬仪式。

我的父母生活得很幸福。他们的结合是平静而温柔的，丝毫没有受到我们家一些亲戚的风言风语的影响，那些亲戚私下议论说，我父亲虽然是个满怀爱意的丈夫，但不时仍被其他女人所吸引。有一天，大约在一九一二年的圣诞节，父亲与他认识的一个非常有魅力而又缺心眼的姑娘一起走在涅瓦大街上，那姑娘无意中提到，她姐姐的未婚夫帕尔钦认识他的前妻。父亲说他记得帕尔钦——他们是在比亚里茨[2]认识的，是在十年

---

1 Lehmann's disease，据研究纳博科夫的学者 Robert Cook 考证，在医学文献上没有见到这样的专有名词。他认为作者是用同音字在玩文字游戏：Lehmann 即 Lem（m）an，在中世纪英语中 lemman、leman 均为"情人"之意，因此"勒曼氏症"暗含"情人症"（Lover's disease）之意。

2 Biarritz，法国西南部比斯开湾沿岸小城、度假地。

前，或者九年前吧……

"哦，可是帕尔钦后来也认识了弗吉尼娅，"那个姑娘说，"你明白吗，他对我姐姐承认，他和弗吉尼娅在一起生活过，在你们分手之后……后来弗吉尼娅在瑞士的什么地方把他甩了……真有意思，居然没人知道。"

父亲平静地说："好了，如果说这事以前没有透露出去，那么十年之后人们就更没有理由开始议论它了。"

凑巧的是，就在第二天，不愉快的事发生了。我们家的一个好朋友别洛夫上尉漫不经心地问父亲他的前妻是否真是澳大利亚人[1]——他可一直认为她是英国人。父亲回答，据他所知，弗吉尼娅的父母曾在墨尔本住过一段时间，但她本人出生在肯特郡。

"……你为什么问这个？"父亲追问。

别洛夫上尉闪烁其词地回答，他的妻子参加了一个晚会或什么会，在那里听什么人讲了些什么……

"很遗憾，有些事必须叫停了。"父亲说。

第二天早晨，他去拜访了帕尔钦；帕尔钦接待了他，故意表现得过分热情。帕尔钦说，他在国外待了多年，很高兴见到老朋友。

父亲没有坐下，他说："现在流传着一个卑鄙的谎言，我

---

[1]　一七八七年至一八四〇年期间，英国曾把澳大利亚作为罪犯流放地，因此后来有一些英国人看不起澳大利亚人。

想你知道是什么。"

"嗨，亲爱的伙伴，"帕尔钦说，"我没必要假装不明白你的意思。很抱歉，人们一直在议论，可是咱们真的没有理由发脾气……咱俩曾经处于同样的困境，那不是任何人的错。"

"先生，既然这样，"父亲说，"我的助手[1]会去拜访你的。"

帕尔钦是个傻瓜和无赖，我从妈妈告诉我的情况至少可以做出这样的判断（妈妈讲得很生动，很直率，我在这里尽量保持这种风格）。但正因为帕尔钦是傻瓜和无赖，我才不明白像父亲那样有身份的人为什么会冒着生命危险去满足——什么呢？维护弗吉尼娅的名誉吗？满足他自己报复的欲望？可是弗吉尼娅的名誉由于她的出走已丧失殆尽，不可挽回了；同样，父亲的一切报复念头在他第二次婚姻的幸福岁月里应该早已失去诱惑力。或许只是因为重提一个人的名字，看到一个人的脸，看到一度驯顺的无脸幽灵被打上了个人印记这种突现的怪异景象？从各方面考虑，为了捕捉这种往昔的回声（回声常常不比狗吠好多少，无论叫喊者的声音多么纯正）而牺牲我们的家庭，给我妈妈造成痛苦，这样做值得吗？

决斗是在暴风雪中进行的，在一条冰冻小河的河岸上。父亲和帕尔钦各自朝对方打了一枪，然后父亲就脸朝下倒了，摔

1　seconds，此处指"决斗助手"。

在雪地上铺的一件蓝灰色陆军斗篷上。帕尔钦两手颤抖着点燃一支烟卷。别洛夫上尉呼喊那些在远处大雪弥漫的公路上恭候的马车夫，叫他们过去。整桩野蛮事件持续了三分钟。

在《丢失的财物》中，塞巴斯蒂安讲述了他本人对那个一月份的阴郁日子的印象。他写道："无论是我的继母还是家里其他人，谁都不知道将要出事。出事前一天，父亲在吃晚饭时还隔着餐桌向我扔面包团呢。那天我整天都很郁闷，因为医生非让我穿讨厌的毛衣，所以父亲才想方设法逗我高兴，可是我皱起眉头，红着脸转过身去。晚饭以后，我们都坐在他的书房里，他一边抿着咖啡，一边听我继母讲我们的家庭女教师的事：女教师先让我的同父异母弟弟上床睡觉，然后又给他糖吃，这个做法很讨厌。我在屋子的另一头，坐在沙发上翻着《伙伴》报的版面：'请关注这个令人紧张的故事的下一节。'这份报纸薄薄的大页面下部刊登了许多笑话。'贵宾被人领着参观了学校：你印象最深的是什么？——是射豆枪的豆粒。'快速列车隆隆地驶入黑夜，一个板球队的蓝色荣誉队员[1]挡住了恶毒的马来人掷向朋友的刀子……那个'喧闹的'系列连载故事讲的是三个男孩的事：一个男孩会扭曲面孔，能转动自己的鼻子；第二个男孩会变魔术；第三个男孩会口技……一个骑马人腾空越过一辆跑车……

---

1 Blue，特指剑桥大学的校队运动员，因身穿带有学校标志的深蓝色夹克而得名。

"第二天上午，我在学校做几何题，我们私下里把那题叫做'毕达哥拉斯的裤子'，我做得一塌糊涂。那天上午天色是那么昏暗，教室里亮着灯，那种气氛总让我感到头嗡嗡响，很难受。下午三点半左右，我回到家里，身上有一种黏糊糊的肮脏感觉。平日我从学校回来总有这种感觉，现在我的内衣又毛茸茸地扎得慌，因此这种感觉就更强烈了。父亲的勤务兵正在大厅里抽泣。"

二

　　古德曼先生在他那部粗制滥造、极度误导读者的著作中，用了几句措辞不当的话来叙述塞巴斯蒂安的童年，描绘了一幅荒谬可笑的画面。给一个作家当秘书是一回事，撰写一个作家的生平则是另一回事；如果写传记是出于一种欲望，想趁着新坟上的鲜花尚可用利润之水浇灌之时把自己的书投向市场，那么试图把商业的急功近利与详尽的研究、公平和智慧结合在一起，则更是另一回事了。我并不是要破坏任何人的名誉。我可以断言，仅凭一架噼里啪啦的打字机所产生的动力，就能让古德曼先生说出"把俄式教育强加给一个一向意识到自己血统中有丰富英国血脉的男孩子"，而且这样的断言绝不是诽谤。古德曼先生接着说："这种外国影响给这个孩子带来了极大的痛苦，因此当他更成熟时，回忆起那些留着大胡子的农民、东正教象征物和俄罗斯三角琴的持续低音（这些取代了健全的英国教育），总会不寒而栗。"

　　我们不值得花时间去指出，古德曼先生对俄国环境的概念不符合实际，这么说吧，就像卡尔梅克人[1]对英格兰的概念不符合实际一样，卡尔梅克人认为英格兰是个黑暗的地方，那里的小男孩们被留着红胡子的校长鞭打致死。应该特别强调的是，塞巴斯蒂安是在知识分子的文雅氛围中长大的，这种文雅氛围把俄国家庭的精神高雅与欧洲文化的精粹结合在一起；无论塞巴斯蒂安本人对他记忆中的俄国往事做出什么样的反应，这种反应的复杂性和特殊性从来没有降低到他的传记作者所说的那么庸俗的程度。

我还记得比我大六岁的塞巴斯蒂安年少时在一盏壮观的煤油灯的温馨气氛里用水彩颜料快乐地乱画的情景；现在这盏灯仍在我的记忆中闪亮，它那粉红色丝绸灯罩似乎是塞巴斯蒂安用湿笔画就的。我看见自己那时有四五岁，踮着脚尖，伸着脖子，晃来晃去，想避开我哥哥不断移动的胳膊肘看一眼他面前的颜料盒；那黏稠的红色系颜料和蓝色系颜料被他的画笔蘸过多次，已少了许多，露出了搪瓷盒底，微微闪光。每次塞巴斯蒂安在锡制盒盖的内面调色时，总会发出轻微的碰撞声，他面前玻璃杯里的水就会变浑，呈现出深浅不一的神奇色彩。他的深棕色头发剪得很短，露出了长在半透明的玫瑰红色耳朵上的一小块胎记。这会儿我已经吃力地爬上了椅子，可他还是没有注意我。我摇摇晃晃地一使劲，伸手去摸颜料盒里最蓝的色块，这时他才注意到我。他一晃肩膀，把我推开，但仍不转身，仍像往常那样不和我说话，对我还是那样冷漠。我记得我从楼梯的栏杆往下看，看见他正在上楼，那时他刚放学，穿着黑色校

1　Kalmuk，属蒙古民族，主要居住在俄国伏尔加河下游地区。

服，系着那条我特别渴望得到的皮带，他上得很慢，懒洋洋地，还费力地拖着黑白两色的书包；他拍打着栏杆，不时跨两三级楼梯，然后拉着栏杆把身子提上去。我撅起嘴唇，吐出一口白色的唾沫，唾沫往下掉啊，掉啊，却总是掉不到塞巴斯蒂安身上；我这样做并不是想惹他，而只是想让他注意到我的存在，然而这种伤感的努力从来没有奏效过。我还清楚地记得，在我们乡间住地的公园里，他骑着一辆低把手自行车沿着阳光斑驳的小路慢慢地滑行，让车蹬保持不动；我跟在他后面小跑，当他那双穿着凉鞋的脚踏下车蹬时，我就跑得快一点；我尽了最大的努力跟上咔嗒—咔嗒—嗞—嗞作响的后车轮，可他还是不理我，很快就把我甩在后面，我很无奈，仍然喘着粗气追着跑。

后来，他长到了十六岁，我是十岁，他有时会帮助我复习功课，他讲解的时候说话很快，很不耐烦，因此起不了什么作用；过了一会儿他就会把铅笔放进口袋，气呼呼地大步走出房间。在那个时期，他个子已经很高了，面色发黄，上嘴唇上方有一点发暗。他留着分头，头发光亮，他还在一个黑封皮练字本里写诗，并把本子锁进他的抽屉里。

有一次我发现了他放钥匙的地方（他房间里白色荷兰火炉近旁的一个墙缝），我打开了他的抽屉。那个练字本就在里面，还有他的一个同学的妹妹的照片、几枚金币、一小布包紫罗兰糖。那些诗歌是用英语写的。父亲去世前不久，我们曾在家里上过英语课，我虽然从来都没学会讲流利的英语，但在阅读和写作方面还是比较自如的。我模糊地记得，那些诗歌很浪漫，充满了黑玫瑰、星星及大海的呼唤，可是有一个细节很突出，我记得非常清楚：每首诗下面该签名的地方都画着一个国际象棋的黑色小棋子——"骑士"[1]。

我尽力把童年时代所见到的我哥哥的情况整理成一幅连贯的画面，比如说一九一〇年（那年我刚记事）到一九一九年（那年他去了英格兰）之间的情况。可是这个任务却无法完成。塞巴斯蒂安的形象不是作为我孩童时代的一部分出现的，因此无从选择也无法发展；他的形象也不是作为一系列熟悉的幻象出现的，而是作为几个明亮的片断进入我脑海的，仿佛他不是我们家的固定成员，而是一个偶然的来访者，穿过亮着灯的房间，然后有很长一段时间隐没在黑夜之中。我做出这样的解释，与其说是基于我年幼时没兴趣与一个做玩伴不够小、做导师不够大的人刻意发展关系的事实，不如说是基于塞巴斯蒂安惯常的冷漠态度，他从来不承认我对他的亲情，也从来不培育这种亲情，尽管我非常爱他。我或许可以描述他走路、嬉笑或打喷嚏的样子，但这些都不过是从电影胶片上剪掉的碎片，与基本的戏剧没有共同之处。而戏剧确实存在。塞巴斯蒂安永远忘不了他的母亲，也永远忘不了他的父亲是为母亲而死的。由于家里人从来不提他母亲的名字，反倒给充斥他年轻敏感心灵

1　Knight，即塞巴斯蒂安的姓氏"奈特"的原意。

的那种记忆中的魅力增添了病态的吸引力。我不知道他是否能清楚地回忆起他母亲没与父亲离婚时的情况；也许他还记得一点，并将其视为自己生命背景中一缕柔和的光。我也无法说明他在九岁时重见他母亲时有什么感觉。我妈妈说，他当时无精打采，一句话都不说，后来再也没提过那次令人悲伤的、没有尽兴的短暂会面。塞巴斯蒂安在《丢失的财物》中暗示，他对快乐地再婚的父亲有一种朦胧的愤恨，后来他得知了父亲进行那次致命决斗的原因，愤恨就变成了一种狂热的崇拜。

塞巴斯蒂安写道（引自《丢失的财物》）："我对英格兰的逐渐了解，给我最亲切的回忆注入了新的生命……从剑桥大学毕业后，我去欧洲大陆旅游了一趟，在蒙特卡洛宁静地住了两个星期。我记得那里是有个什么赌场，很多人在里面赌博，可是就算有的话，我当时也没注意到，因为我大部分时间都在创作我的第一部小说——一个虚饰浮夸的故事；我高兴地说，那部作品遭到很多出版商的拒绝，他们的人数就跟我下一本书的读者人数一样多。有一天我出去散步，走了很远，发现了一个叫做罗克布吕纳的小镇。十三年前，我的母亲就是在罗克布吕纳去世的。我还清楚地记得父亲告诉我她去世消息的那一天，以及她下榻的小旅店的名字。那旅店名叫'紫罗兰'。我问一个汽车司机是否知道这样一个旅店，他说不知道。后来我又问一个卖水果的小贩，他给我带了路。我终于来到一所浅粉色的别墅前，别墅的房顶砌着典型的普罗旺斯式圆形红瓦片。我注意到院门上画着一束紫罗兰，画得很差。这就是那所房子啦。我穿过庭院去跟女房主说话。她说她最近刚从原房主那里买下这所旅店，不了解过去的事。我请求她允许我在院子里坐一会儿。有一个老头从一个阳台上偷偷地看我，他身上凡是我能看见的部位都是赤裸的，但除他之外，周围没有别人。我在一棵大桉树下的蓝色长椅上坐下来，桉树的皮剥落了一半，这种树似乎总有这样的情况。随后，我尽量像母亲当年那样审视这所粉红房子、这棵树以及这个地方的全貌。我感到遗憾，不知道哪个窗户是母亲住过的房间的窗户。从这所别墅的名字来判断，我能肯定那时候母亲眼前就有这么一个种着紫色三色堇的花坛。我设法让自己渐渐进入这样一种状态：那粉红色和绿色似乎在一瞬间闪烁起来，漂浮起来，就像透过一层薄雾看到的一样。我母亲的模糊身影出现了，她身材苗条，戴着大宽边帽，慢慢地走上台阶，台阶似乎化成了水。我突然听见啪啦一声，这才回过神来。原来是一个橘子从我膝盖上的纸袋中滚落到了地上。我拾起橘子，离开了庭院。几个月之后，我在伦敦碰见母亲的一个表哥。我们谈着谈着，我就说起我拜谒了母亲去世的地方。'啊，'他说，'可是她去世的地方是另一个叫罗克布吕纳的小镇，在瓦尔省[1]。'"

我好奇地注意到，古德曼先生在引用这段话的时候竟欣

---

1 Var，位于法国东南部。

然评论说："塞巴斯蒂安·奈特是那么热衷于事物的滑稽一面，那么不会关心事物的严肃核心，因此他想方设法取笑那些被人类其他成员理所当然地视为神圣的亲情，尽管他并非生性冷酷或玩世不恭。"怪不得这位严肃的传记作者在故事的每个要点上都与他的主人公格格不入呢。

由于已经说过的原因，我不打算有条不紊地连续描述塞巴斯蒂安的少年时代；假如塞巴斯蒂安是个虚构的小说人物的话，我一般会那样写的。假如那样的话，我会描述主人公从婴儿到青年的顺利发展过程，希望读者从中受到教育并得到消遣。可是如果我尝试用那种方法写塞巴斯蒂安的话，最终会写出 "biographies romancées"[1]——那种迄今为止最糟糕的文学作品。所以，还是让那扇门关着吧，只从门下透出一线长长的亮光；让隔壁屋里的灯光也熄灭吧，塞巴斯蒂安已在里面安睡；让涅瓦河岸上那所美丽的橄榄绿房子逐渐消逝在蓝灰色的寒夜里吧，伴随着寒夜的是轻轻飘落的雪花，它们滞留在高耸的街灯那酷似月光的白光之中，洒在我父亲房间凸肚悬窗下的叠涩[2]人形的巨大四肢上，那两个大胡子人形正以阿特拉斯[3]之力支撑着窗户。我的父亲已经故去；塞巴斯蒂安在隔壁屋子里熟

---

1 法语，小说化传记。

2 Corbel，在砖石建筑中逐层向外悬挑的砌筑方法。

3 Atlas，希腊神话中的提坦巨人。在荷马的作品中，他似乎是一个海里的人物，支撑着分离天地的柱子。据希腊诗人赫西奥德的说法，阿特拉斯因参加过反主神宙斯的战争而受到惩罚，被判将天空高高举起。

睡，或至少是像老鼠一样安静——我则躺在床上睡不着，凝视着眼前的一片黑暗。

　　大约二十年后，我专程去了一趟洛桑，寻找一位瑞士老妇人，她曾是塞巴斯蒂安的家庭教师，后来也教过我。她一九一四年离开我们的时候一定有五十来岁了；我们早就和她断了联系，所以一九三六年时我不能肯定她是否还健在，也没有把握能找到她。可我还是找到她了。我发现那些在俄国革命前曾在俄国做过家庭教师的瑞士老妇人有一个协会。正如带我去那里的那个很和善的先生所说，她们"生活在过去"，正安度晚年——这些女士大多已年老力衰——她们平时交流体会，争吵琐事，对旅居俄国多年回来后所发现的瑞士现状提出批评。她们的悲剧在于：在国外的那些年里，她们一直拒绝接受外国的影响（甚至连最简单的俄语单词都不学）；她们对周围环境有某种程度的敌意——我过去常听见老妪哀叹自己流亡异乡，抱怨自己受怠慢遭误解，渴望回到美丽的祖国；然而这些可怜的流浪者回国之后却发现自己身处一个变了样的国家，成了彻头彻尾的陌生人。因此，由于情感作怪，俄国（对她们来说，俄国一直是个不可知的深渊，在令人窒息的小后屋有灯光的角落后面隆隆回响，小后屋的墙上挂着镶在珍珠相框里的家人合影和一幅有西庸古堡 [1] 风景的水彩画），那不可知的

---

1 Chillion castle，瑞士最大的中世纪古堡，位于瑞士南部蒙特勒郊外日内瓦湖畔。

俄国，现在倒像一个失去的乐园，成了一个辽阔、模糊，但回想起来还是很友好的地方，住满了感伤的幻想人物。我发现老师耳朵很聋，头发已灰白，但还像以往那样健谈。她动情地拥抱我之后，便回忆起我童年的小事，可她讲的事要么完全走了样，让我失望，要么是我从来不记得的，让我怀疑是否真有其事。她不知道我妈妈早已辞世，也不知道塞巴斯蒂安三个月前去世了。顺便说一句，她甚至不知道塞巴斯蒂安是个大作家。她虽然泪流满面，情真意切，但似乎因为我又没和她一起哭而恼火。"你总是那么有自制力，"她说。我告诉她我正在写一本关于塞巴斯蒂安的书，请她讲一讲我哥哥小时候的事。老师是在父亲再婚后不久来到我家的，可是她对过去的事印象那么模糊，思绪那么混乱，竟谈起了父亲的前妻（"cette horrible Anglaise"[1]），仿佛像了解我妈妈（"cette femme admirable"[2]）一样了解她。"我可怜的小塞巴斯蒂安，"她哭着说，"他跟我那么亲，对我那么好。啊，我还记得他张开小胳膊搂着我脖子的样子，他说：'泽勒，除了你我谁都恨，只有你一个人懂我的心。'我记得那天我轻轻地打了他的手——une toute petite tape[3]——因为他对你的妈妈很不礼貌；他的眼神让我想哭，还有他的声音，他说：'谢谢你，泽勒。我以后再也不那样

1　法语，那个讨厌的英国女人。

2　法语，那个让人爱慕的女人。

3　法语，就那么拍了一下。

了……'"

老师就这样讲了很长时间，我感到很别扭，很郁闷。我几次想转换话题，最后才成功——到那时候，我已经声嘶力竭了，因为她不知道把自己的号角状助听器放到哪里去了。后来她又谈到她的邻居，一个比她年龄还大的小个子胖女人，我刚才在过道里碰见过。"那个好女人耳朵很聋，"她抱怨说，"还是个可怕的撒谎的人。我能肯定她只教过杰米多夫[1]亲王夫人的孩子——从来没在那儿住过。"我离开时，老师喊道："你写那本书吧，写那本有意思的书吧，把它写成童话，让塞巴斯蒂安当王子。被施了魔法的王子……我跟他说过很多次：塞巴斯蒂安，你要小心，女人们会爱慕你的。他总是笑着回答：唔，我也会爱慕她们的……"

我从内心里感到尴尬。她咂着嘴唇亲了我一下，拍了拍我的手，又流下了眼泪。我瞥了一眼她那昏花的老眼、黯淡无光的假牙，瞥了一眼她胸前的石榴石别针，那别针我记得非常清楚……我们分别了。天正下着大雨，我感到既羞愧又恼火，我竟然中断了第二章的写作来做这次毫无意义的参拜之旅。有一个印象特别让我失望。她竟然没问我塞巴斯蒂安后来的生活，甚至没问他是怎么死的，一句都没问。

1　Demidov，俄国一个显赫富有的家族。

三

　　一九一八年十一月，妈妈决定带着我和塞巴斯蒂安逃离俄国，逃离危险。那时革命已进入高潮，边境都关闭了。她与一个专门组织难民偷渡国境的人取得了联系，达成的协议是：我们交一定的费用，先预付一半，然后他送我们去芬兰。火车开到边境之前，我们要在一个可以合法进入的地方下车，然后走秘密小路越过边境；由于那个寂静的地区常下大雪，因此那些小路倍加隐秘。就在火车之旅快要开始时，不知怎么回事，我们——妈妈和我——还在等塞巴斯蒂安，他那时正在勇敢的别洛夫上尉的帮助下推着行李从家来火车站。火车预定上午八点四十分开。都八点半了还没见塞巴斯蒂安的踪影。我们的向导已经上了火车，正静静地坐着看报；他事先告诫过我妈妈，在任何情况下都不要当众和他说话。时间慢慢地过去，火车正准备启动，我感到麻木和惊慌，这种噩梦般的感觉一下子控制了我。我们知道，如果行动一开始就出了差错，那么按照职业传统，这个男人绝不会做第二次。我们也知道，我们没有钱支付再逃一次的费用。时间一分钟一分钟地过去，我感觉内心深处有什么东西拼命咕咕作响。我想，火车还有一两分钟就要开了，那我们就得回到阴暗寒冷的阁楼去了（我们的房子几个月前已被收归国有），这个想法实在太可怕了。在来火车站的路上，我们曾从塞巴斯蒂安和别洛夫身边走过，他们两人推着装满沉重行李的手推车走在雪地上，脚下的雪咯吱咯吱地响。现在这个画面出现在我眼前，静止不动（我当时是个十三岁的男孩，想象力非常丰富），就像一个被施了魔法的东西永远定住了一样。我妈妈两手揣在袖筒里，一绺灰白头发从羊毛头巾下翘了出来，她走过来走过去，每次经过向导的车窗时都力图捕捉他的眼神。八点四十五分，八点五十分……火车迟迟没动，可是汽笛终于响了，一股温暖的白烟飘过站台上的棕色积雪，与它自己的影子竞相追逐。就在这时候，塞巴斯蒂安出现了，他在奔跑，皮帽子的两个护耳在风中舞动。我们三个人手忙脚乱地爬上了正在启动的列车。过了好一会儿，塞巴斯蒂安才缓过劲来，他告诉我们，别洛夫上尉在路过以前的住房时被捕了，他自己则马上丢下行李，拼命朝车站跑。几个月后我们得知，我们可怜的朋友别洛夫和同时被捕的二十个人一起惨遭枪决，他是和帕尔钦肩并肩倒下的，帕尔钦死得同样英勇。

塞巴斯蒂安在他出版的最后一部作品《可疑的常春花[1]》（一九三六年）里描写了一个偶尔出场的人物，这个人物刚刚从一个不知名的既恐怖又贫穷的国家逃出来。此人说："先生

---

1 Asphodel，又名阿福花，生长在欧洲南部的一种百合类花卉。在希腊神话中，宙斯的女儿珀耳塞福涅视其为圣花。冥府中长满常春花的地段是普通人灵魂的归宿。

们，关于我的过去，我能告诉你们什么呢？我生在一个冷漠地鄙视自由理念、权利观念、人类慈善习惯并野蛮地将它们定为非法的国家。在历史的进程中，不时会有伪君子政府给国家监狱涂上一层比较好看的黄颜色，并大声宣告，它把那些为较快乐的国家所熟悉的权利给予人民；可是这些权利要么只有监狱看守才享有，要么就是含有某种隐秘的缺点，使它们比公开实行独裁制的国家所颁布的法令更让人痛苦……在那个国家里，人人都是奴隶，如果他们不是仗势欺人者的话；由于那个国家否认人的灵魂及相关的一切，它就认为对人施加肉体痛苦足以控制人性和引导人性……一种叫革命的事物不时发生，把奴隶变成仗势欺人者，又把仗势欺人者变成奴隶……先生们，那是一个黑暗的国家，一个地狱般的地方，如果说我一生中有什么信念的话，那就是：我永远不会放弃流亡的自由去换取那个邪恶的仿冒家园……"

由于这个人物的话里偶然提到了"大森林和白雪皑皑的平原"，古德曼先生立即推断，整段话与塞巴斯蒂安·奈特本人对俄国的态度是一致的。这是荒谬的误解；任何没有偏见的读者都应该清楚，这段引述的文字指的是各种专制政体的罪恶的总合，是想象出来的，并不是指任何特定的国家或任何特定的历史事实。如果说我在讲塞巴斯蒂安如何逃离革命中的俄国这部分故事时附上了这段话，那是因为我想紧接着作点补充，权且借用他最具传记性的作品里的几句话。他写道（引自《丢失的财物》)："我一向认为，世上最纯洁的感情之一就是被放逐的人对生养他的故土的思念之情。我本想展现他不断竭力搜索自己的记忆以激活和突显有关他的往事的幻象：那记忆中的蓝色群山和令人愉快的公路，那玫瑰随意生长的树篱和野兔奔跑的田野，那远处的教堂尖顶和近处的蓝铃花……可是因为这个主题已经被许多更有才智的作家表现过了，还因为我从心眼里不相信那些我感觉容易表达的东西，所以我绝不允许任何感伤的流浪者登上我的岩石——我的冷漠的散文体作品。"

不管这段话结尾如何，它的意思是很明确的：只有知道离开亲爱的祖国是什么滋味的人才能如此被怀旧的画面所吸引。我无法相信塞巴斯蒂安没有感受过我们大家都经历过的那种痛苦，无论我们逃走时俄国的状况有多么恐怖。总的来说，俄国曾经是他的家园，而且他也属于那种和蔼、有善意、温文尔雅的人中的一个，那些无辜的人只因自己的存在而被折磨致死或被迫流亡。我相信，他那年轻人的隐秘忧思、他对他母亲的祖国所持的浪漫激情——我补充一句，有些造作的激情——不可能排斥他对自己出生和成长的国度的真正钟爱。

我们悄悄混进芬兰以后，在赫尔辛基[1]住了一段时间。然后我们分成两路。妈妈按照一个朋友的建议带我去了巴黎，我在那里继续求学。而塞巴斯蒂安则去了伦敦和剑桥。他的母亲

---

1 Helsingfors，即 Helsingki，芬兰首都、港口城市。

已给他留下宽裕的收益，因此他后来生活中虽遇到过很多烦心事，但绝不缺钱。他临走之前，我们三个人坐下来，按照俄国传统做了一分钟的默祷。我还记得妈妈的坐姿：她两手放在腿上，不停地转动着手指上我父亲的结婚戒指（她平常没事时就那样），她把父亲的戒指和自己的戒指戴在同一根手指上，父亲的戒指较大，她就用黑线把它和自己的戒指系在一起。我也记得塞巴斯蒂安的姿态：他穿着一套深蓝色西装坐在那里，跷着腿，轻轻地晃着脚。我先站起来，然后是他，然后是妈妈。他事先要我们答应不送他上船，因此我们就在那间粉刷过的房间里告别了。我妈妈在他低下的脸前很快地划了一个十字，过了一会儿，我们就从窗口看见他提着旅行包上了出租车，他弯着身子的样子是他与我们分别时的最后姿势。

我们很少得到他的消息，他的来信也不长。他在剑桥大学的三年里，只到巴黎来看过我们两次——不如说是一次，因为第二次是来参加我妈妈的葬礼的。妈妈常和我谈起他，特别是在生命的最后几年里，那时她已清楚地意识到自己已接近人生的终点。是妈妈给我讲了塞巴斯蒂安一九一七年的奇怪冒险经历，这件事我当时不知道，因为我正好到克里米亚度假去了。事情似乎是这样的：塞巴斯蒂安与未来主义[1]诗人阿列克西斯·帕恩及其妻子拉丽萨交上了朋友，这对奇怪的夫妇在卢加

1　futurist，俄国艺术中的一个流派，始于一九一〇年前后，其宗旨是否定过去的艺术，创造未来的艺术。

附近租了一个农舍，离我们的乡村庄园不远。阿列克西斯·帕恩是一个健壮的、爱嚷嚷的小个子男人，在他那些缺乏章法、意义含混的诗歌里隐藏着真正天才的微光。可是因为他挖空心思用一大堆冗余词语去震撼人们（所谓"下意识的咕哝声"[1]就是他发明的），所以现在看来他的主要作品是那么无足轻重，那么虚假，那么陈旧（超现代的东西有一种奇怪的能力，比其他东西更容易过时），因此至今只有几个学者还记得他的真正价值，他们欣赏他在文学生涯初期所翻译的英语诗歌，认为译文很美——其中至少有一首是文字传输的奇迹，那就是由他译成俄语的济慈的诗《无情的美人》。

于是在初夏的一个早晨，十七岁的塞巴斯蒂安不见了，他只给我妈妈留下一张便条，说要陪帕恩夫妇去东方旅行。起先妈妈以为他是开玩笑（塞巴斯蒂安虽然常常郁郁寡欢，但有时会搞出一些令人厌恶的玩笑，比如他曾在一辆拥挤的有轨电车上叫售票员给车厢另一头的一个姑娘送去一张匆匆写就的便条，上面确实是这样写的：我虽然只是个穷售票员，可是我爱你）；然而当妈妈去拜访帕恩夫妇时，发现他们确实走了。过了些时候我们才知道，关于这次马可·波罗式的旅行，帕恩的想法是：慢慢地往东走，从一个城镇到另一个城镇，每到一地都安排一次"抒情的惊喜"，也就是说，租一个大厅（如没有大厅

1　英语原文为"submental grunt"。

就租棚子），举行诗歌表演，获得的净利润就作为路上的花销，可以让他和妻子以及塞巴斯蒂安旅行到另一个城镇。我们始终不清楚塞巴斯蒂安起了什么作用，给了他们什么帮助，或承担了哪些责任，也不清楚他们是否只让他跟在身边，必要的时候让他去取东西，还要取悦拉丽萨，因为拉丽萨性情急躁，不是很容易安抚的。阿列克西斯·帕恩上台表演时通常穿一件晨衣，若是没有上面绣着的几朵大荷花，这服装倒是蛮合适的。他光秃的额头上画着一个星座（大犬座）。他用深沉的声音朗诵自己的诗作，一个身材矮小的男人竟能发出那么大的声音，让人联想到一只小老鼠竟然造出了几座大山。在舞台上，拉丽萨坐在他的身边，她人高马大，穿着淡紫色衣裙，在那里钉扣子或补旧裤子；值得注意的是，在日常生活中她从来不为丈夫做这些事情。帕恩在朗诵两首诗的间歇里有时会跳一种节奏舒缓的舞蹈，这种舞把爪哇人弹琴的转手腕动作与他自己发明的有节奏动作结合在一起。举行过多次个人专场演出之后，他陶醉在自己的成功之中——这正是他失败的原因。他们的东方之旅在辛比尔斯克[1]就结束了，当时阿列克西斯待在一个肮脏的小旅店里，喝得烂醉，身无分文；爱发脾气的拉丽萨被关进了警察所，因为她打了一个好管闲事的官员一耳光，那官员曾对她丈夫的吵嚷天才表示不满。塞巴斯蒂安回家的时候一副若无

1　Simbirsk，位于伏尔加河畔的俄国东部城镇。

其事的样子，就像他走的时候那样。妈妈还说："换了别的孩子，都会表现出不好意思，会因为干了这件傻事而羞愧。"可是塞巴斯蒂安谈起他的旅行就像谈论一件新奇有趣的事，仿佛他一直都是个冷静的观察者。他当初为什么参加那场可笑的表演，究竟是什么驱使他和那对怪异的夫妇交朋友，一直都是个谜（我妈妈认为他也许被拉丽萨迷住了，可是那个女人很平庸，年纪偏大，又强烈地爱着自己的怪人丈夫）。帕恩夫妇很快就从塞巴斯蒂安的生活中消失了。两三年后，帕恩在布尔什维克的环境里受到人为的吹捧，短时间走红，我想这应该归咎于"极端政治与极端艺术有天然联系"这一（主要建立在混用术语基础上的）奇怪的观念。后来，在一九二二或一九二三年，阿列克西斯·帕恩用一副吊裤带自杀了。

"我一直感觉，"我妈妈说，"我从来没有真正了解过塞巴斯蒂安。我知道他在学校里总得好分数，他读了很多书，让人惊喜，他有整洁的习惯，他每天早晨都要洗冷水澡，尽管他的肺不太壮实——这些我都知道，还知道很多别的事，可是他的本性我却抓不住。现在他生活在一个陌生的国家，用英语给我们写信，我不由自主地想，他将永远是个难以理解的人——尽管上帝知道我花了多少心血善待这孩子。"

塞巴斯蒂安在大学第一学年结束时来巴黎看了我们，当时他的一副外国人打扮给我留下了很深的印象。他穿着粗花呢上衣，里面是淡黄色套头毛衣。他的法兰绒裤子又肥又大，厚短袜松松垮垮，因为没用吊袜带。他领带上的条纹过于鲜艳，而且不知出于什么奇怪的原因他把手帕放在衣袖里。他在大街上吸烟斗，还在鞋后跟上磕烟灰。他学来了一种新的站姿：背向壁炉而站，两手插进裤袋深处。他讲起俄语来总是小心翼翼的，说话只要超过几句，就讲起英语。他整整住了一个星期。

下次他再来，我妈妈已经不在了。葬礼过后，我们一起坐了很长时间。我一看见妈妈的眼镜孤零零地放在架子上，就哭了起来，浑身打颤，他就笨拙地拍着我的肩膀。他很和善，很愿意帮忙，但有些心不在焉，似乎他一直在想别的事。我们商量了一些事，他建议我去里维埃拉[1]，然后去英格兰；我那时中学刚毕业。我说我愿意留在巴黎从容地生活，我在巴黎有很多朋友。他没有坚持自己的意见。我们也谈到钱的问题，他以惯常的漫不经心的方式说，他可以一直给我提供零花钱，要多少就给多少——我想他用了 "tin"[2] 这个词，但我不能肯定。第二天他要去法国南部。那天早上我们散了一会儿步。像往常一样，每当我们单独在一起的时候，我总是莫名其妙地不自在，时不时地要绞尽脑汁找话题。他也沉默着。临别的时候他说："那么，就这样吧。如果你需要什么，就给我写信，寄到我在

1　Riviera，地中海边有名的度假区，多指法国的蓝色海岸地区。

2　英国旧俚语，意为"钱"。

伦敦的地址。我希望你在索邦[1]取得成功，就跟我在剑桥一样。再有，尽量找到你喜欢的科目，然后坚持学下去——直到你厌烦为止。"他的深褐色眼睛闪着微光，"祝你好运，"他说，"再见吧。"——并用他在英格兰学到的柔和而刻意的方式握了握我的手。出于并非世俗的原因，我突然为他感到难过，并渴望说些真心话，一些能插翅飞翔的知心话，然而我想要的这些鸟儿却迟迟不来，它们后来才落到我的肩上和头上，那时只剩下了我一个人，已不需要话语了。

1　Sore-bone，用英语转写的法语 Sorebonne，指巴黎大学，该校的核心为法国神学家索邦（Robert de Sorebon，1201—1274）于一二五九年间创立的索邦神学院。另外，Sore-bone 又有"酸痛的骨头"之意，为讲话者的戏言。

四

我开始写本书的时候，塞巴斯蒂安已经去世两个月了。我虽然很清楚他是多么不喜欢我变得伤感，可是我仍情不自禁地要说，我一生中对他的爱戴（不知为什么这种爱戴总是遭到破坏或受到阻碍）现在突然有了新的生命，带有如此炽热的感情力量，因此我的其他情感事件都变成了忽隐忽现的剪影。在难得的几次见面中，我们两人从来没有讨论过文学；现在，当人类死亡的奇怪习惯使我们不可能再进行交流时，我却十分后悔，后悔从来没有告诉过他我多么喜欢他的书。事实上，我发现自己常常无奈地想，不知他生前是否知道我读过他的书。

可是实际上我对塞巴斯蒂安都了解些什么呢？我虽然可以写两个章节，讲一讲我能回忆起的他童年和青年时代的一点往事——可是再往下写什么呢？在计划写这本书的过程中，我越来越认识到，必须做大量的研究，把他生活中点点滴滴的事挖掘出来，然后把这些片断与我内心对他性格的了解熔铸为一体。我内心对他的了解？是啊，这是我所拥有的东西，我的每根神经都能感觉到它。我越琢磨它，就越感到自己手里还有一个工具：当我想象他的一些行为时（这些行为我是在他去世后才听说的），我能肯定，如果自己处在相同的情况下也会像他一样行事的。有一次我恰好看见两兄弟打网球，他们都是网球冠军；他们两人击球的动作完全不同，其中一人的技术比另一人要好得多；可是当他们满场奔跑的时候，他们动作的基本节奏完全一致，所以假如能描绘这两个系统的话，肯定会出现两个一模一样的图形。

我敢说塞巴斯蒂安和我也有某种共同的节奏；这大概可以解释我追溯他的生活轨迹时为什么突然有"似曾相识"的奇怪感觉。如果说我对于他的行为所问的许多"为什么"全是未知数 X 的话（他的情况经常如此），那么我现在常常发现，这些 X 的意思会在我写的这句话或那句话里下意识的措辞当中显露出来。我并不是说我也有他那样丰富的头脑或任何一方面的天才。我和他差得远呢。我总认为他的天才是一个奇迹，与我们两人在童年的相近背景中可能经历过的任何确知的事情都没有关系。我可能也见过他所见过的事，也记得他所记得的事，但是他的表达能力与我的表达能力却大不一样，正如贝希斯坦钢琴[1]的乐音与婴儿叽叽呱呱的叫声有天渊之别那样。假如他还在世的话，我绝不会让他看见这本书的一字一句，我怕他看见我用蹩脚的英语写作会难过地皱起眉头。他会皱眉头的。我也不敢想象，他若得知他的弟弟（其文学经验不过是偶然给一家汽车公司做过一两次英语笔译而已）在决定为他写传记之前按

---

1 Bechstein，德国名牌钢琴。

照一家英语杂志的热情广告去学习"当作家"的课程，他会有什么样的反应。是啊，我承认我去学了那个课程——不过我并不后悔。那位收了合理的费用、准备把我培养成为成功作家的先生，确实下了很大工夫教我怎样佯装无知，怎样表现文雅，怎样口气强硬，怎样说话干脆；如果说事实证明我是个糟糕的学生——尽管他心太好了，不肯承认这一点——那是因为我从一开始就被他寄给我当范文的短篇小说的完美光彩迷住了，他用这篇小说来说明他的学生能写出什么样的作品，而且还能卖钱。这篇小说主要描述了一个爱低声吼叫的邪恶的中国人、一个有浅绿褐色眼睛的勇敢的姑娘，还有一个被人招惹时手指关节就变白的沉默寡言的大个子男人。如果不是因为这件隐秘的事能说明我对写传记的任务如何缺乏准备，说明我的怯懦如何驱使我走向极端的话，我是不会在这里提到它的。当我终于拿起笔的时候，我已经镇定下来，准备面对必然要发生的一切，换句话说，我已经准备好了，要尽最大的努力去写。

这件事还暗含着另一个小寓意。假如塞巴斯蒂安当初只是为了好玩，想看看会发生什么事（他很喜欢这样的娱乐），而学了同类函授课程，他会成为一个比我不知要糟糕多少倍的学生。假如叫他像"每个人"先生[1]那样写作，他会写得谁的都不像。我现在甚至无法仿效他的写作方法，因为他的散文写作

1　Mr. Everyman，英国中世纪道德剧《每个人》中的主人公，作为人类的代表。

方法就是他的思维方法，是一系列令人眼花缭乱的空白；你无法模仿空白，因为你必须用这样那样的方法去填补空白——并在此过程中抹掉空白。可是当我在塞巴斯蒂安的书里找到关于情绪或印象的某个细节时（这细节让我立刻想起我们两人在一个特定地点曾不约而同注意到的某种灯光效果），我感觉我们两人在心理上确实有某些共通之处，尽管我连他的天才的脚指头都够不着；这种心理上的共通之处会帮助我解决困难的。

我既然有了工具，就必须利用它。塞巴斯蒂安去世后，我的第一个责任是清理他的遗物。他把一切东西都留给了我，他给我写了一封信，指示我烧掉他的某些文件。这封信措辞含混，所以我起初以为他指的是作品的初稿或要扔掉的手稿，可是我很快发现，除了夹在其他文件中的几张散页之外，他本人早就把那些稿子销毁了。因为他属于罕见类型的作家，这类作家知道，除了完美的成就——印刷的书以外，什么都不应该留下；他们知道书的实际存在与它的幽灵——粗陋的手稿的存在是不协调的，手稿炫示了书中不完美的方面，就像一个爱报复的鬼魂把自己的脑袋夹在胳膊底下；他们知道由于这个原因绝不能让工作间里的杂物留存下来，不管那些东西有多少感情价值或商业价值。

当我平生第一次去看塞巴斯蒂安在伦敦橡树园公园路三十六号的小公寓时，心里空落落的，有一种把约会推迟得过晚的感觉。三个房间，一个冰凉的壁炉，一片寂静。在生命的最后几年里，他没怎么在那里住，也不是在那里去世的。衣橱里挂着六套西装，大部分是旧的；一刹那间，我得到一种奇怪的印象，仿佛他的身体僵硬地幻化成了好几个，成为一系列有着宽阔肩膀的身影。我曾见过他穿那件褐色上衣；我摸了摸那衣服的袖子，但它是软耷耷的，对这种唤醒记忆的轻柔呼唤没有任何反应。那里还有几双鞋，它们曾走过许多英里的路，现在已走到旅途的尽头。有几件叠好的衬衫，衣领朝上放在那里。这些沉默的物品能告诉我塞巴斯蒂安的什么呢？他的床。床上方象牙白色的墙上挂着一小幅有点裂纹的旧油画（画着泥泞的道路、彩虹、好看的小水洼）。这是他睡醒时第一眼就看到的东西。

我环顾四周，卧室里所有的东西仿佛因为冷不防被我撞见而刚刚跳回原位，现在才慢慢地与我对视，想看看我是否注意到了它们刚才出于负罪感而表现出的惊慌。特别是靠近床的那张盖着白色罩子的单人矮沙发，更是这样；我琢磨它刚才偷了什么东西。然后我摸索矮沙发褶皱的缝隙，它们似乎不愿意让我摸；我从中找到一块硬东西，原来是枚巴西坚果。矮沙发重新抱起双臂，恢复了神秘莫测的表情（可能是蔑视和自尊的表情吧）。

卫生间。玻璃架子上没有多少东西，只有一个上部印着紫罗兰图案的空爽身粉盒孤零零地立着，映在镜子里活像一幅彩色广告。

随后我察看了两个主要房间。很奇怪，餐厅竟然缺乏个人色彩，与人们就餐的所有地方一个样——也许因为食物是把我们与周围滚动的物质的普遍混乱状况联系起来的主要环节吧。玻璃烟灰缸里确实有一个烟头，但那是一个房产经纪人麦克马斯先生留下的。

书房。在这里，你透过窗户可以看见后花园或公园，看见变暗的天空，看见几棵榆树而不是橡树，尽管这条街的名称让人认为有橡树。一个没有靠背和扶手的皮面长沙发占据了屋子的一头。几个书架上摆满了书籍。书桌。上面几乎没有什么东西，只有一支红铅笔、一盒曲别针——这书桌看上去闷闷不乐，冷漠疏远，可是那盏放在西面边缘的台灯倒很可爱。我摸到了台灯的脉搏，那蛋白石做的球体便逐渐亮了起来：这轮神奇的月亮曾见证过塞巴斯蒂安那只来回移动的苍白的手。现在我开始办正事了。我拿起他遗赠给我的钥匙，打开了书桌的几个抽屉。

我先挑出两捆信件，上面有塞巴斯蒂安潦草的字迹："待销毁。"有一捆信每封都折叠得很严密，我无法看到里面的内容；信纸呈蛋皮般的浅蓝色，有深蓝色的边。另一捆里信纸颜色不一，上面有纵横交错的女人笔迹，笔道很粗，很潦草。我不禁猜测这是谁的笔迹。一刹那间，我内心激烈地斗争起来，我真想仔细察看那两捆信件，可是又竭力抵制这种诱惑。遗憾地说，我好人的一面占了上风。可是当我把这些信放在壁炉炉栅上烧的时候，有一页浅蓝色信纸散落下来，在火焰的酷刑下向后弯曲，就在摧毁性的黑色爬满它之前，有几个字在火光中完全显露出来，然后跌落下去，一切都结束了。

我疲倦地坐到一张单人沙发上，思索了一会儿。我刚才看见的字是俄语，是一个俄语句子的一部分——实际上，这几个字本身并没有什么意义（别以为我想从这偶然的火光里发现小说家构思情节的粗浅意向）。它们的字面意思译成英语是"thy manner always to find ……"[1]——让我感兴趣的不是这几个字的意思，而是它们是用我的母语写的。我一点都不知道她是谁，那个给塞巴斯蒂安写信的俄国女人，她的来信塞巴斯蒂安一直收藏着，并放在克莱尔·毕晓普的来信旁边——不知为什么，这让我感到困惑不安。现在壁炉又漆黑冰凉了。从壁炉旁的沙发上，我可以看见书桌上那盏台灯的美丽光芒，可以看见敞开的抽屉里满出的纸张的明亮白色。有一大页纸孤零零地躺在蓝色地毯上，半边在阴影里，由于光线投射是有局限的，恰好把它沿对角线分成了明暗两半。一刹那间，我仿佛看见一个浑身透明的塞巴斯蒂安坐在书桌旁边；或者不如说我想起了那段描述他寻找罗克布吕纳镇却找错了地方的文字：也许他更喜欢在床上写作吧？

过了一会儿，我继续干我的正事，检查那几个抽屉里的东

1　英语，您的方法总要找到……

西，并把它们大致分类。抽屉里有许多信件。我把这些信放在一边，准备以后浏览。在一本颜色花哨的书里有许多剪报，封面上有一只令人生厌的蝴蝶。剪报里没有一篇是评论他自己的作品的：塞巴斯蒂安太自负了，不屑于收集那些评论；就是偶然得到那样的剪报，他的幽默感也不允许他耐心地把它们贴起来。尽管如此，那里还是有一个贴着剪报的册子，里面所有的剪报都是关于一些发生在最不起眼的地方和环境里的奇怪事件或梦幻般荒唐的事件（我后来在空闲时仔细阅读它们才发现的）。我还发现他赞成使用混合隐喻，因为他可能认为混合隐喻与那些事件同属朦胧的噩梦类型。我在一些法律文件中间找到了一小片纸，上面有他写的一个故事的开头——只有一句话，半截停了，不过这倒让我有机会观察塞巴斯蒂安写作过程中的奇怪做法：他修改了文字以后从来不划掉原来的字。举个例子，我碰到的短句是这样写的："由于他是个睡得很沉睡得很沉的人，罗杰·罗杰森，老罗杰森买了老罗杰斯买了，那么害怕自己睡得很沉，老罗杰斯那么害怕错过明天。他是一个睡得很沉的人。他很怕错过了明天的事荣光早班火车荣光所以他买回家一个那天晚上买回家不是一个而是八个大小不同、嘀嗒声强度不同的闹钟九个八个十一个大小不同的闹钟嘀嗒响这些闹钟九个闹钟正如猫有九条他把闹钟放在闹钟使他的房间看上去像一个"

　　很抱歉，句子到此为止。

在一个巧克力糖盒里有些外国硬币：法郎、马克、先令、克朗——以及它们的小面值零币。几支自来水笔。一块未经镶嵌的东方紫水晶石。一个橡皮圈。一个长玻璃瓶，里面有药片，是治头疼、精神失常、神经痛、失眠、噩梦和牙疼的。治牙疼的说法似乎不可信。一个（一九二六年的）旧笔记本，里面全是过时的电话号码。许多照片。

我原想会在照片里找到很多女孩子的形象。你们知道那种女孩子——在阳光下微笑，夏天拍的快照，法国人的光与影的技巧，穿着白衣在人行道、沙滩或雪地上微笑——可是我错了。我从一个有塞巴斯蒂安简略字迹"H先生"的大信封里抖落下来二十四五张照片，都是同一个人的，展现了他人生的不同阶段。第一张照片是一个又穷又脏的圆脸小男孩，穿着不合身的水手服；下一张是一个戴着板球帽的丑男孩；再下一张是一个有着短粗鼻子的青年，等等；最后才看到一系列已成年的H先生的照片——像牛头犬的那种令人厌恶的男人，而且越来越胖，背景有摄影室的布景，也有真正的前花园。我不经意间看到其中一张照片附有一张剪报，才明白这个男人是个什么人。剪报写道：

"创作小说化传记的作家征求男士照片，要求此人有精干的外表、朴素、沉稳、不饮酒，最好是单身汉。将在上述作品中有偿使用其童年、青年和成年时的照片。"

塞巴斯蒂安始终没有写那本书，但是在生命的最后一年里可能还在考虑写，因为最后一张显示 H 先生高兴地站在崭新的小轿车旁的照片注明的日期是"一九三五年三月"，而仅仅过了一年塞巴斯蒂安就去世了。

我突然感到疲倦和伤心。我很想看看与他通信的那位俄国女人的面容。我很想看看塞巴斯蒂安本人的照片。我想看很多东西……然后，我随便环视了一下房间，突然看见书架上方的阴影里有两张镶着镜框的照片。

我站起来仔细察看。一张是放大的快照，上面是一个被剥光上衣的中国人正被粗暴地斩首；另一张是平庸的摄影作品，上面是一个头发拳曲的小孩在和小狗嬉戏。塞巴斯蒂安把这样两张照片并列悬挂在一起，他的欣赏情趣令我生疑，不过他既然收藏它们并挂出来，大概自有道理。

我还扫视了一下书架上的书；数量很多，摆放凌乱，而且种类繁多。可是有一层的书比其他层的要整齐些，我注意到了以下一系列书，它们在一瞬间似乎组成了一个模糊的乐句，竟然很熟悉：《哈姆雷特》《亚瑟王之死》[1]《圣路易·莱之桥》[2]《化身博士》[3]《南风》[4]《带狗的贵妇》[5]《包法利夫人》《看不见

1　*Le Morte d'Arthur*，英国作家托马斯·马洛礼所著小说。

2　*The Bridge of San Luis Rey*，英国作家桑顿·怀尔德所著小说。

3　*Doctor Jekyll and Mr. Hyde*，英国作家罗伯特·路易斯·斯蒂文森所著小说。

4　*South Wind*，英国作家诺曼·道格拉斯所著小说。

5　*The Lady with the Dog*，俄国作家安东·契诃夫所著小说。

的人》[1]《追忆似水年华》《英语—波斯语词典》《特丽克西故事的作者》[2]《爱丽丝漫游奇境记》《尤利西斯》《买马琐言》[3]《李尔王》……

这旋律发出轻微的喘气声，然后逐渐消逝。我回到书桌旁，开始清理我刚才放在一边的信件。这主要是些公务信件，我觉得我有权利仔细阅读。有些信与塞巴斯蒂安的职业没有任何关系，其他的则有关系。这些信头绪很乱，提到的很多事我一直看不明白。只有几封来信，由于塞巴斯蒂安保留了自己去信的副本，所以才能读懂，例如我了解到他与他的出版商就某一本书所长期进行的激烈对话的过程。还有，唯独在罗马尼亚，有一个爱挑剔的人闹着要求另一种选择权……我还了解到塞巴斯蒂安的书在英格兰和英联邦的几个自治领的销售情况……并不特别好——但至少有一本书的销量完全令人满意。有几封信是友好的作家寄来的。有一个仅写过一部名作的温和作家，（在一九二八年四月四日）批评塞巴斯蒂安是"Conradish"[4]，并建议他在以后的作品中去掉"con"，只培育"radish"[5]——我认为这是非常愚蠢的主意。

1　*The Invisible Man*，美国作家拉尔夫·艾里森所著小说。

2　*The Author of Trixie*，英国作家威廉·凯恩所著小说。

3　*About Buying a Horse*，英国作家弗朗西斯·考利·伯南德所著小品文集。

4　康拉德派，由英国小说家、现代主义作家约瑟夫·康拉德（Joseph Conrad，1857—1924）的名字派生而来。

5　小萝卜。

最后，在这捆信的最下面，我看到了我妈妈和我自己给他写的信，放在一起的还有塞巴斯蒂安的一个大学本科时的朋友写的几封信；我费力地打开这些信纸（要知道旧信是不愿意被人打开的），这时我突然意识到我的下一个猎场应该是哪里了。

五

塞巴斯蒂安·奈特上大学的那几年并不快乐。肯定地说，他很喜欢自己在剑桥大学发现的很多东西——事实上他见到这个梦寐以求的国家，闻到它的气息，触摸到它的脉搏，起初是非常激动的。一辆真正的双轮双座马车从火车站拉着他去剑桥大学三一学院；这辆马车先前似乎特意在那里等着他，拼命坚持着不肯消亡，直等到那个时刻；过后它才快乐地消逝，与已不再时兴的连鬓胡子[1]和不再使用的大铜分币为伍去了。街上的融雪湿漉漉的，在薄雾般朦胧的黑暗中闪亮；它让旅人期待一杯浓茶和一炉旺火，因此融雪与浓茶旺火形成了对照，构成了一种和谐，不知怎的他对这种和谐已心领神会。几个钟楼的大钟发出清脆的声音，一会儿响彻小城上空，一会儿又此起彼伏回荡在远方，钟声以一种奇特的、非常熟悉的方式与报贩的高调叫卖声混在一起。他走进"大庭院"庄严的幽暗之中，看见许多穿长袍的人影在雾中穿行，看见走在他前面的搬运工的礼帽上下扇动，此时他觉得自己不知为什么体察出了每一种感觉，他闻到了潮湿的草皮发出的有益健康的难闻气味，听到了脚踏石板时响起的古老浑厚的声音，抬头看见了深色墙壁的模糊轮廓——他感受到了一切。这种兴高采烈的特殊感觉大概延续了很长时间，但是也有一种东西掺杂在里面，后来甚至成了主宰。塞巴斯蒂安大概是怀着一种无奈的惊诧（因为他先前对英格兰期望过高）下意识地认识到，无论这新环境如何以聪明的、令人愉快的方式来支持他的旧梦，他本人，或者说他身上最宝贵的部分，仍会像以往那样感到孤独无望。塞巴斯蒂安生活的基调是独处，命运越是仁慈地用令人赞叹的手段仿造出他想要的事物，力图让他感觉舒适自在，他就越清楚地知道自己不能适应这种情势——不能适应任何一种情势。他终于彻底明白了这一点，并开始严格地培养自我意识，仿佛自我意识一直是某种罕见的天才或激情；只是在这时候，塞巴斯蒂安才从自我意识的巨大增长中得到了满足，他不必再为自己不善交际的尴尬性格而担心——但那是很久以后的事了。

　　显然，他起初很紧张，害怕自己做了不应该做的事，或者更糟糕，害怕自己在做应该做的事时方法笨拙。有人告诉他，应该把学术帽的四个硬角折断，或干脆撕掉，只留下柔软的黑布。他刚这样做了就发现自己陷入了最糟糕的"本科生"的庸俗境地，并发现最完美的情趣是：对自己戴着的学术帽和穿着的长袍采取毫不在意的态度，让它们显得无足轻重，否则它们就敢对你施加影响。人家还告诉他，无论天气怎样都忌讳使用大檐帽和雨伞，因此塞巴斯蒂安虔诚地让雨水淋湿自己，并患

1　side whiskers，旧时英国男人留胡须的一种形式，即剃掉嘴边的胡子，仅留两鬓的胡子。

上感冒，直到有一天他认识了一个叫 D. W. 戈吉特的人才不这么做了。戈吉特是个快乐、轻率、懒惰、随和的人，以爱吵闹、穿戴雅致和说话风趣著称，他冷静地戴着宽边帽拿着雨伞到处转。十五年后我访问剑桥大学时，塞巴斯蒂安在三一学院时最好的朋友（现在是著名学者）告诉了我这些事，我说，大家好像都带着——"对呀，"他说，"戈吉特的雨伞已经繁育了后代。"

"请告诉我，"我说，"球类运动怎么样？塞巴斯蒂安擅长打球吗？"

我的信息提供人笑了。

他回答："很遗憾，我和塞巴斯蒂安都不大喜欢那类运动，我们只是打一点网球，不太激烈，是在湿软的绿草场上打，最差的地块上还长着一两朵雏菊。我记得他的网球拍是价格非常贵的那种，他的法兰绒球衣很合身——他看上去总是很整齐，很帅气；可是他发球却像女人那样轻轻地拍，而且他满场子跑但一个球都打不着。我比他也好不了多少，所以我们两人打球其实主要是把潮湿的绿球拾回来，或者是扔回给旁边场地上的球员——这些都是在连绵细雨里做的。是啊，他在球类方面绝对差。"

"他觉得沮丧吗？"

"在某种程度上是的。事实上，第一个学期他总因为自己在这些方面不行而感到自卑，整个学期都没过好。可怜的塞巴斯蒂安第一次遇见戈吉特——那是在我的房间里——就大谈网球，最后戈吉特问他网球是不是用棒子打的。这倒让塞巴斯蒂安松了一口气，因为他认为戈吉特（他一开始就喜欢他）也不大会打球。"

"戈吉特不会吗？"

"哎呀，他可是橄榄球队的蓝色荣誉队员，可是，他也许不大喜欢草地网球。不管怎么说，塞巴斯蒂安很快摆脱了打球情结。总的来说——"

我们坐在灯光暗淡、有橡木护墙板的房间里，沙发很矮，我们能轻易地拿到那些谦恭地立在地毯上的茶具；塞巴斯蒂安的幽灵似乎在我们周围盘旋，闪烁的火光映在壁炉的黄铜圆球上。这位信息提供人对塞巴斯蒂安了解得那么深，因此我认为他说得很对，塞巴斯蒂安有自卑感是因为他总要表现得比英国人还像英国人，虽然从未成功，但仍不断努力，直到最后才认识到，让他误入歧途的不是这些外部的东西，也不是使用时髦俚语的言谈习惯，而是这样一个事实：他总要成为别的人，努力像别的人那样行事，而他的天性却注定他要孤独地固守自我。

尽管如此，塞巴斯蒂安还是尽了最大的努力做一个合格的本科生。冬天的早晨，他穿着棕色晨衣和轻便旧帆布鞋，拿着肥皂盒和盥洗用品袋，悠闲地走到拐角处的"洗浴室"去。他在餐厅里吃早饭，那里的稀饭就像"大庭院"上方的天空那样灰白单调，橘子酱的颜色跟"大庭院"墙上蔓生植物的颜色一模一样。他骑上他的"手推自行车"（信息提供人是这样叫的），把长袍往肩上一撩，蹬着车去这个教室或那个教室。他在"皮特楼"吃午饭（据我所知，那是个类似俱乐部的地方，墙上大概挂着与马有关的照片，年纪很老的侍者们总是给客人说同一个谜语：浓汤还是清汤？）。他常常玩墙手球[1]（不管那是什么），或者另一种乏味的游戏，然后和两三个朋友一起喝茶；他们吃着小圆烤饼，抽着烟斗，谈着话，每个人都小心翼翼地避开别人没说过的话题，因此谈得很不顺利。正餐之前可能还有一两节课，然后又去餐厅。那是一个非常优雅的地方，我的信息提供人带我去看了一下。当时有服务员在里面扫地，那扫帚好像就要挠着亨利八世那又白又胖的腿肚子了[2]。

"塞巴斯蒂安坐在哪里？"

"在那头，靠着墙。"

"可是怎么到那儿去呢？这些桌子好像有几英里长。"

"他总是先蹬上外侧的长椅，从桌子上走到另一边。虽然有时会踩着盘子，可这是常用的方法。"

塞巴斯蒂安吃过正餐之后，通常要回自己的房间，或者和几个不爱说话的伙伴一起去市场里的小电影院，那里会上演美

---

[1] fives，一种在三面或四面围有墙的场地上用戴手套的手或球拍对墙击球的球戏。

[2] 三一学院的餐厅里挂着一幅学院创始人英王亨利八世的全身大画像。

国西部片，或者演查理·卓别林两腿僵直快步离开大个子坏人并在街角滑倒。

塞巴斯蒂安这样过了三四个学期之后，突然发生了令人惊奇的变化。他不再去享受那些他认为应该享受的东西，而是不动声色地转向了他真正关注的事情。从表面看，这一变化的结果是，他逐渐脱离了学院生活的节奏。他不见任何人，除了我的信息提供人以外。这位朋友大概是塞巴斯蒂安一生中唯一能与之坦诚相见、自然交往的人——这是一种美好的友谊，我很理解塞巴斯蒂安，因为这位安静的学者给了我很好的印象，他是我想象中最优秀、最和善的人。他们两人对英国文学都很感兴趣，而且这位朋友那时已在计划他的第一部作品《文学想象的法则》了。两三年之后，他因这部作品获得了蒙哥马利奖。

"我必须承认，"塞巴斯蒂安的这位朋友说，一面抚摸着一只皮毛柔软、眼睛灰绿色的蓝猫，那猫不知是从哪里来的，现在舒服地躺在他的大腿上，"我必须承认，在我们友谊的那个特殊阶段里，塞巴斯蒂安让我痛苦。我在教室里见不到他，就会去他的房间，发现他还没起床，像一个熟睡的孩子蜷缩在床上，可他是在郁闷地抽烟，他那皱巴巴的枕头上全是烟灰，垂到地板的床单上全是墨水点。我欢快地和他打招呼，他只是哼一声，甚至不屑于变换一下躺的位置；我在他周围转了转，确定他没病，就去吃午饭了。等我再回去看他时，我惊奇地发现他侧身朝着另一边躺着，还用一只拖鞋当烟灰缸。我提议给他弄点吃的来，因为他的食橱总是空的。我很快给他拿来一把香蕉，他就像猴子一样欢呼起来，马上说出一连串关于人生、死亡和上帝的晦涩恶语，以此来惹我生气；他特别喜欢说这样的话，因为他知道我会因此而恼火——尽管我从来不相信他真是那样想的。

"大约下午三四点钟的时候，他终于穿上晨衣，趿拉着鞋走进起居室，蜷缩在壁炉前挠头皮，我会厌恶地离开他。第二天我坐在租住的房子里工作时，会突然听见咚咚咚踩踏楼梯的声音，塞巴斯蒂安会蹦着跳着进屋来，非常干净，神清气爽，激动无比，手里拿着刚写完的诗稿。"

我相信，所有这些都很符合塞巴斯蒂安这类人的特点，而有一个小细节让我特别觉得惋惜。塞巴斯蒂安的英语看来虽然很流利，很地道，但绝对是外国人说的英语。遇上以字母"r"开头的词，他发的"r"音成了刺耳的打嘟噜声；他还常犯一些奇怪的错误，例如："我抓住了感冒"，又如："那家伙是有同情心的"——其实他的意思无非是：他是个不错的小伙子。塞巴斯蒂安读"interesting"[1] 或"laboratory"[2] 这样的词时常读错重音。他念错"Socrates"[3] 或"Desdemona"[4] 这样的人名。虽然经人纠正后他绝不会再犯同样的错误，但他确实因为自己对某些

1　英文，有趣的。

2　英文，实验室。

3　英语，苏格拉底。

4　苔斯德蒙娜，莎士比亚悲剧《奥赛罗》中的女主人公。

字的读音没把握而感到非常沮丧；当他偶然念错了字，以至于说的话让理解力差的人听不懂时，他的脸会涨得通红。在那些日子里，他写英语的能力比说英语的能力好得多，但是他写的诗里仍然有些不大明显的非英语成分。这些诗我没有一首能读懂。的确，他的这位朋友认为也许有一两首……

塞巴斯蒂安的朋友把小猫放到地上，然后开始在一个抽屉里翻找文件，找了一会儿，什么也没拿出来。"也许在我姐姐家的哪个箱子里吧，"他含混地说，"可是我甚至不能肯定……像那样的小东西最容易被忘掉，再说啦，我知道塞巴斯蒂安会因为它们找不到而拍手称快的。"

"顺便问一句，"我说，"从气象学的角度讲，你所讲的过去那个时候好像气候很潮湿，让人忧伤——事实上就像今天的天气一样（那是个阴冷的二月天）。告诉我，难道这里就没有暖和晴朗的时候吗？塞巴斯蒂安本人不是在哪本书里提到过一条美丽的小河沿岸那些'像粉红色蜡烛架一样的高大栗子树'吗？"

对啊，我说得对，剑桥几乎每年都有春天和夏天（那神秘的"几乎"两字特别让人高兴）。是啊，塞巴斯蒂安很喜欢懒洋洋地躺在一艘方头平底船上，在剑河里漂荡。可是他最喜欢的活动还是在黄昏时分沿着一条小路绕着草地骑自行车。在草地上，他会坐在一个栅栏上，看着一缕缕浅红鲑鱼色的云彩在灰白的晚空中变成单调的黄铜色，同时进行思考。思考什么呢？他是在想那个仍然把柔软的头发编成辫子的伦敦东区姑娘吗？他有一次曾跟着她穿过公地，冒昧地接近她，亲吻了她，以后再没见过她。他是在想某一块云朵的形状吗？他是在想黝黑的俄国枞树林后面的朦胧落日吗（啊，我要是能了解他回想起的这类事，花多大的代价都愿意！）？他是在思考草叶和星星的内涵吗？是在思考"沉默"这种鲜为人知的语言吗？是在思考一颗露珠的巨大影响力吗？是在思考上亿鹅卵石当中的一块鹅卵石那令人心碎的美吗？所有的鹅卵石都有含意，可究竟是什么含意呢？他是在思考"你是谁"这个古老而又古老的问题吗？这问题是针对在朦胧暮色中奇怪地躲闪的自我而提出的，是对从来没有人真正领你进入的上帝的世界提出的。也许我们可以假设：塞巴斯蒂安坐在栅栏上的时候，心中翻腾着许多话语和幻象，不完整的幻象和不充分的话语；可是他已经知道，这种情况，也只有这种情况才是他生活的现实，而且自己的使命存在于他将要适时穿越的那个鬼影萦绕的战场之外。我们这样假设会更接近真实情况。

"我喜欢他的书吗？啊，太喜欢了。他离开剑桥以后，我没见过他几次，他从来没有给我寄过他的著作。你知道，作家们是很健忘的。可是有一天我在图书馆里借到了三本他的书，用了三个晚上的时间读完了。我一向相信他会写出优秀的作品，可是从来没想到他的作品会那么优秀。他在这儿的最后一年里——我不知道这只猫怎么啦，好像突然不认牛奶了。"

在剑桥大学的最后一年里，塞巴斯蒂安学习非常勤奋；他的主课——英国文学——范围很广，也很复杂；可是在这期间他常常突然去伦敦，一般情况下没有得到校方允许。我听说，他的导师、已故的杰弗逊先生是个缺乏情趣的老绅士，但是个优秀的语言学家，他一直认为塞巴斯蒂安是俄国人。换句话说，他让塞巴斯蒂安恼怒到了极点，因为他对塞巴斯蒂安说了他会的所有俄语单词——那是多年前他去莫斯科旅行时一路上收集到的，足有一大口袋之多——并让塞巴斯蒂安再教他一些。有一天塞巴斯蒂安终于脱口说出这是个误会——他实际上不是出生在俄国，而是在索非亚[1]。一听这话，那位兴高采烈的老人马上说起了保加利亚语。塞巴斯蒂安尴尬地说老人讲的不是他会的方言；当老人要求他举个例子时，他情急之下胡编了一个习惯用语，这可让老语言学家犯了难，最后老人突然明白，塞巴斯蒂安——

"唉，我想你已经把我榨干了，"我的信息提供人微笑着说，"我回忆起来的事越来越肤浅，越来越没意思——而且我觉得不值得花时间补充说：塞巴斯蒂安考了第一，我们一起去照了一张神采飞扬的照片——哪天我找出来给你寄去，如果你喜欢的话。你现在真得走吗？你不想去'后园'看看吗？跟我去看看番红花吧，塞巴斯蒂安把它们叫做'诗人的蘑菇'，如

1　Sofia，即 Sofiya，保加利亚首都。

果你能明白他的意思的话。"

可是雨下得太大了。我们在门廊下站了一两分钟，然后我说，我还是走吧。

我已经踏上满是水洼的小路，小心翼翼地择路而行。"哎，你听着，"塞巴斯蒂安的朋友在我身后喊道，"我忘记告诉你了。那天院长告诉我有人给他写信，问他塞巴斯蒂安是否真是三一学院的学生。哎呀，那个家伙叫什么名字来着？啊，糟糕……我的记忆力已经缩了水。不过我们刚才确实把它好好清洗了一遍，对不对？不管怎么说，我估计那个人正在搜集资料，要写一本关于塞巴斯蒂安·奈特的书。真有意思，你好像没有——"

"塞巴斯蒂安·奈特？"薄雾中一个声音突然说，"谁在谈论塞巴斯蒂安·奈特？"

六

　　说这话的陌生人现在走近了——啊，有时我多么渴望看到行云流水般的长篇小说里描述的那种轻而易举的变化啊！我会多么舒心啊，如果这说话声音属于某个快活的老教师，他的长耳垂上长着细绒毛，眼角上的皱纹代表智慧和幽默……一个信手拈来的人物，一个受欢迎的过路人，他也了解我的主人公，但了解的角度不同。"现在，"他会说，"我要给你讲一讲塞巴斯蒂安·奈特大学生活的真实故事。"然后他就讲了起来。可是，唉，这类事情并没有发生。那个薄雾中的声音在我心中最黯淡的通道里清脆地震响。它不过是某种可能的真实情况的回响，一种及时的提醒：不要过于相信你可以从"现在"口中了解"过去"。要小心那最诚实的中介人。要记住，别人给你讲的故事实际上是由三部分组成的：讲故事的人整理成型的部分、听故事的人再整理成型的部分、故事中已死去的人对前两种人所隐瞒的部分。"谁在谈论塞巴斯蒂安·奈特？"我意识里的那个声音又说。是谁在谈论？是塞巴斯蒂安的朋友和他的同父异母弟弟，是一个远离生活的文雅学者和一个正在遥远国度访问的困窘的游客。那么第三方在哪里呢？他在圣达姆耶镇[1]的公墓里平静地腐烂。他笑着活在他的五卷著作里。我写下这些文字的时候，他无影无形，正在我肩膀后面窥视（尽管我敢说，他十分怀疑"死后永生"的老生常谈，就是现在他也不相信自己有鬼魂）。

不管怎么说，我得到了友谊所能产生的成果。我还了解到塞巴斯蒂安那个时期的短信中几个随便提到的事实，以及他的几本书里偶然提到的大学生活情况。然后我就回了伦敦，先前我已在那里简略地计划了下一步的行动。

我与塞巴斯蒂安最后一次会面时，他无意中提到，一九三〇年至一九三四年间他有时雇佣一个助手，类似秘书。像过去很多作家一样，也像现在很少作家一样（也许我们只是不知道那些没能用明智的劝说方式来处理自己事务的人），塞巴斯蒂安在处理事务方面笨得出奇，常常束手无策，因此他一旦找到一个顾问（此人说不定是个骗子或傻瓜——或两者兼备），就十分放心地把一切全交给他。如果我问塞巴斯蒂安，他是否能肯定那个替他处理事务的某某人不是个爱惹麻烦的老无赖，他会匆忙改变话题，因为他生怕发现了别人的恶意之后自己就不能偷懒了，就不得不亲自干事了。简而言之，他认为有个最差的助手也比没有助手强，他会让自己和别人相信他很满意自己的选择。我说这些是想尽可能强调这样一个事实：从法律观点看，我的话没有一句是诽谤，而且我马上就要提到的

---

1 St. Damier，疑为作者杜撰的小镇；Damier 在法语中，是"棋盘"的意思。

人名并没有出现在这一段里。

我想从古德曼先生那里得到的，与其说是对塞巴斯蒂安最后几年情况的描述——这我还不需要（因为我想按阶段逐步追溯塞巴斯蒂安的生活，而不是超前），不如说是几条建议，希望他告诉我什么人可能了解塞巴斯蒂安离开剑桥大学以后的情况，我应该去访问谁。

于是，一九三六年三月一日，我去舰队街古德曼先生的办公室访问了他。在我描述这次会面的情况之前，请允许我说一点题外的话。

如前所述，我找到了塞巴斯蒂安的一些信件，其中有些是他与出版商之间的通信，商讨某部小说的出版事宜。事情看起来是这样的：塞巴斯蒂安的第一部作品《棱镜的斜面》中有一个次要人物，是对一个塞巴斯蒂安认为必须批评的仍健在的作家的讽刺，极其滑稽，极其无情。那个出版商自然马上就明白这个人物影射的是谁，他觉得很不自在，就劝塞巴斯蒂安把整段修改一下，塞巴斯蒂安直截了当地拒绝了，最后还说要到别处去印行这部书——后来他确实这样做了。

"你似乎不明白，"塞巴斯蒂安在一封信中写道，"究竟是什么能让我这样一个含苞待放的作者（这是你的话——可是这个词用错了，因为你所谓的真正含苞待放的作者一辈子都含苞待放；而其他作者，比如我，则一下子就绽放了），你似乎不明白，让我重复一遍（这并不意味着我为上面那个普鲁斯特式的插入语道歉），你似乎不明白我为什么要举起一个像精美陶瓷似的忧郁的当代作家（X确实让我想起集市上的廉价瓷器，它们是那么诱人，让你欣喜若狂，最后会啪的一声掉到地上碎掉），又让他从我的散文体作品的高塔上跌进下面的阴沟里。你告诉我这位作家备受尊敬；他的书在德国和在这里几乎同样畅销；他过去写的一个短篇小说刚刚入选《现代杰作》；他与Y和Z一起被看做'战后'一代作家的领军人物；最后的（但并非最不重要的）一点，他作为评论家是个危险人物。你似乎暗示，我们大家都应该替他保守不可告人的成功秘诀，那就是，用三等舱的票坐二等舱旅行——或者说是，如果我刚才的比喻不够清楚的话——迎合读者群中最差的一类人的欣赏情趣——不是指那些酷爱侦探故事的人，上帝保佑他们纯洁的灵魂吧——而是指那些被一点弗洛伊德学说或'意识流'或别的什么思想以现代方式所震惊，而购买了充满陈词滥调的最糟糕的书的人们——而且他们不明白，也永远不会明白，今天勇敢的玩世不恭者都是玛丽·科里利[1]的侄女和格伦迪太太[2]的侄子。我们为什么要保守那个可耻的秘密呢？这种共济会[3]式的

1　Marie Corelli（1855—1924），英国女作家，写过二十八部浪漫主义长篇小说。

2　Mrs. Grundy，英国剧作家托马斯·莫顿（Thomas Morton，1764—1838）的喜剧《加速耕耘》（*Speed the Plough*）中的人物，后用来比喻拘泥世俗常规、爱管头管脚的人。

3　Masons，即Freemasons，世界上最大的秘密团体，由英国中世纪的石匠和建筑工匠行会演变而来，旨在传授并执行其秘密互助纲领。

约束，或者说三神论[1]的约束，算个什么东西？打倒这些假冒的神祇！后来你来告诉我说，如果我攻击一个有影响、受尊敬的作家，我的'文学生涯'从一开始就要受阻，是没有希望的。可是即使确实存在'文学生涯'这样的事，而且我仅仅因为骑自己的马走自己的路而不符合作家标准的话，我还是拒绝修改我的作品，一个字都不改。因为，请相信我，任何即将实施的惩罚都没有那么大的力量能让我放弃对快乐的追求，特别是当这种快乐意味着真理的年轻坚实的怀抱之时更不能放弃追求。事实上，生活中没有多少东西能与讽刺的快乐媲美，我常想象，那个虚伪的人读到（他会读到的）那一段并且像我们一样知道那说的是事实的时候，他会有什么样的表情；每当我想到这里，总是高兴极了。让我再说几句，如果我不仅忠实地展现了 X 的内心世界（那不过像交通高峰时段的地铁车站），还展现了他讲话的技巧和姿态的话，那么我敢说，无论是他本人还是其他读者，都不会从那段让你感到如此惊恐的文字中发现一丝庸俗的痕迹。所以就别让这事再困扰你了。你还要记住，如果你真的因为我这本并无恶意的小书而'惹上麻烦'，我会承担一切责任的，无论是道义责任还是商业责任。"

　　我引用这封信的目的（除了因为它自身的价值——表现塞巴斯蒂安那种快乐的大男孩般的情绪，这种情绪后来一直是他

1　tritheism，一种信仰，认为圣父、圣子、圣灵是三个神。基督教正统派用"三神论"一语来指称此种非正统派学说，含有贬义。

最阴郁的故事里划破暴风雨昏暗的一道彩虹）是为了解决一个微妙的问题。一两分钟之后，有血有肉的古德曼先生就要出现了。读者已经知道我多么不赞成那位先生写的书。然而在我们第一次（也是最后一次）访谈的时候，我并不知道他的作品（权且把快速编纂的东西也称为作品吧）。我是怀着毫无成见之心去找他的；不过现在我已有了自己的看法，很自然，这肯定会影响到我的描述。同时我又想不清楚，我怎么才能既谈我对古德曼先生的访问，又不涉及古德曼先生的举止（也不涉及外貌），就像我审慎地谈论塞巴斯蒂安的那位大学朋友那样。我能就此打住吗？当古德曼先生读到这几行文字的时候，他会不会因为理所当然的懊恼而突然脸色大变呢？我研究了塞巴斯蒂安的信，得出的结论是：塞巴斯蒂安·奈特可以允许自己对 X 先生做那样的事，但不允许我对古德曼先生那样做。塞巴斯蒂安的天才中有一种率真，而我却不可能有；他能做得很巧妙的事，我却只会表现得很粗鲁。因此，我走进古德曼先生的书房时如履薄冰，必须小心翼翼地迈好每一步。

"请坐，"他说，一面客气地招手，示意我坐到他书桌旁的单人皮沙发上。他衣冠楚楚，尽管绝对带有一种城市人的情趣。一个黑色假面具遮掩着他的脸。"你有什么事吗？"他仍然透过面具上的眼洞窥视着我，手上仍拿着我的名片。

我突然意识到我的名字没有传达给他任何信息。塞巴斯蒂安早已改用了他母亲的姓氏。

我回答："我是塞巴斯蒂安的同父异母弟弟。"一阵短暂的沉默。

"让我想一想，"古德曼先生说，"我是不是应该这样理解，你指的是已故的塞巴斯蒂安·奈特，那位著名作家吧？"

"对呀。"我说。

古德曼先生用食指和拇指摸着脸……我是说他摸着面具底下的脸……若有所思地从上往下摸。

"对不起，"他说，"可是你能肯定没弄错吗？"

"绝对没有。"我回答，并用几句话简要地解释了我与塞巴斯蒂安的关系。

"啊，是吗？"古德曼先生说，他陷入了沉思，"真是的，真是的，我从来没想过有这事。我当然清楚塞巴斯蒂安是在俄国出生长大的。可是不知为什么我忽略了他的姓氏。是啊，现在我明白了……是啊，他的姓应该是俄国人的姓……他的母亲……"

古德曼先生用好看的白皙手指头敲着吸墨纸簿，然后轻轻地叹了一口气。

"唉，事情已经做了，"他说，"我是说，现在想加上一个……已经太晚了，"他匆忙地接着说，"我很抱歉事先没有调查这件事。这么说你就是他的同父异母弟弟啦？哎呀，很高兴见到你。"

我说："首先，我想解决一个商务方面的问题。奈特先生的文件，至少是那些关于他的文学职业的文件，非常之乱，我又不太了解具体情况。我还没去见他的出版商，可是我估计其中至少有一个出版社——出版《有趣的山》的那个——已经不存在了。我想，在进一步调查这件事之前，最好先和你谈谈。”

"的确是这样，"古德曼先生说，"事实上，你可能不知道我对奈特的两本书感兴趣，一本是《有趣的山》，另一本是《丢失的财物》。在目前情况下，我最好是告诉你一些细节，我可以写在信里，明天早上派人给你送去，连同我和奈特先生的合同副本。或者我应该称呼他……"古德曼先生在面具下发笑，并试着念我们那发音简单的俄语姓氏。

"我还有一件事，"我接着说，"我决定写一本关于他的生活和工作的书，急需一些信息。也许，你能不能……"

在我看来，古德曼先生似乎变得僵硬了。然后他咳嗽了一两声，甚至从他那显得很有特色的书桌上的一个小盒子里选出一块黑醋栗润喉止咳糖。

"我亲爱的先生，"他说着突然连人带座转了方向，还甩着拴在带子上的眼镜，"咱们开诚布公地谈谈吧。我肯定比任何人都了解可怜的塞巴斯蒂安，可是……哎，你开始写那本书了吗？"

"没有。"我说。

"那你就别写了。你必须原谅我说话这么直截了当。这是老习惯了——也许是坏习惯。你不介意吧？唔，我的意思是……我该怎么说呢？……你明白吗，塞巴斯蒂安·奈特不是一个可以称作伟大作家的人……啊，是啊，我知道——一个优秀的艺术家，等等——可是对一般公众没有吸引力。我不想说你不能写关于他的书。可以写。但是应该从一个特殊的视角写，让题材有吸引力。否则的话，作品肯定会流于平庸，因为，你要明白，我确实认为塞巴斯蒂安的名气不够大，不能给你想写的这种书提供有力的支持。"

我被他脱口说出的这一连串话吓了一跳，我没有说话。古德曼先生接着说：

"我相信我这样直截了当没有冒犯你。我和你的同父异母哥哥是那么好的哥们儿，你会理解我对这事的感受。我亲爱的先生，你最好是别写，最好是别写。把它留给哪个专业作家去写吧，留给一个了解图书市场的专业作家——他会告诉你，任何人想完成对塞巴斯蒂安的生活和工作的详尽研究（如你所说的），都是在浪费自己和读者的时间。哎，就连某某人写的关于已故的……[他说了一个名人的名字]的那本书，包括那么多照片和复制资料，还卖不出去呢。"

我谢谢古德曼先生给我提出的劝告，并伸出手去拿帽子。我感到事实证明他是个一事无成的人，我跟踪了虚假的线索。不知为什么，我并没有让他详细讲述他和塞巴斯蒂安是"那么好的哥们儿"时的情况。我现在想，如果我当时请求他讲讲他给塞巴斯蒂安当秘书的事，不知他会如何回答。他很有礼貌地和我握了握手，然后把黑面具交给我，我把面具放进了口袋，因为我想在别的场合它可能会派上用场。古德曼先生送我到最近的一个玻璃门，我们就在那里分手。我正要下楼的时候，一个看起来精力很充沛的姑娘从后面跑了过来，我先前就注意到她在一间屋子里不紧不慢地打字。她叫我停一下（真奇怪，塞巴斯蒂安那个剑桥大学的朋友也是这样叫我回去的）。

她说："我叫海伦·普拉特。你们刚才的谈话我听见了一些，听见了我能听得下去的部分，我有一件小事想问你。克莱尔·毕晓普是我的一个好朋友。她想弄清楚一些情况。最近几天我能和你谈谈吗？"

我肯定地说，可以。于是我们约定了时间。

"我和奈特先生很熟。"她又说，一面用明亮的圆眼睛看着我。

"啊，是吗？"我回答，真不知道还有什么可说的。

"是啊，"她接着说，"他是个让人惊奇的人物，我不妨告诉你，我讨厌古德曼写的关于他的书。"

"你是什么意思？"我问，"哪本书呀？"

"啊，他刚写完的那本。上星期我一直和他一起看校样。哎呀，我得走啦。太谢谢你啦。"

她一溜烟跑了，而我则慢腾腾地走下楼梯。古德曼先生那又大又软的粉红脸庞活像母牛的乳房，现在还像。

七

古德曼先生的书《塞巴斯蒂安·奈特的悲剧》得到了报刊的好评。多家主要日报和周刊都发了长篇评论。有评论说这本书"给人印象很深,很有说服力"。也有评论赞扬作者有"深刻的洞察力",能看清一个"本质上是现代的"人物。有的评论还引用了他书中的许多片断,说明他能有效地使用简明的话语。一位评论家甚至向古德曼先生脱帽致敬——让我补充一句,古德曼先生已经把自己的帽子当成了胡说八道的话筒[1]。简而言之,人们本应敲古德曼先生的指关节教训他的,却拍着他的后背表扬了他[2]。

就我而言,如果《塞巴斯蒂安·奈特的悲剧》只不过是另一本糟糕的书,到第二年春天就注定要和同类的书一起被遗忘的话,我根本不会理睬它。我知道"忘川文库"[3]里虽然收入了不计其数的书籍,可要是缺了古德曼先生的书就不够完整,就太可惜了。可是这本书虽然写得不好,还有别的意义。由于它的题材特点,它肯定会自动地变成炫耀另一个人长盛不衰美名的卫星。只要人们记得塞巴斯蒂安的名字,总会有博学的研究者勤快地爬上梯子,去寻找在书架上半睡半醒的《塞巴斯蒂安·奈特的悲剧》,这本书被排在戈弗雷·古德曼[4]的《人类的堕落》和塞缪尔·古德里奇[5]的《生平回忆录》中间。所以，如果我继续喋喋不休地谈论这个题材，那完全是为了塞巴斯蒂安·奈特。

古德曼先生的方法和他的哲学一样简单。他的主要目标是说明，"可怜的奈特"是他所谓的"我们的时代"的产物和受害者——尽管我一直不明白为什么有些人那么热衷于和别人分享他们的精密计时器般的概念。对古德曼先生来说，"战后的动荡""战后一代人"是开启每一道门的神奇词汇。然而有一种"芝麻开门"似乎不如万能钥匙魔力大，这恐怕就是古德曼先生的那种。可是他认为一旦撞开门锁就能找到东西，那是错误的。我并不是想说古德曼先生善于思考。他即使努力也思考不了。他的书只关注那些为了（在商业上）吸引平庸的读者而展示的观念。

在古德曼先生看来，"刚从剑桥大学那雕花的蛹壳里脱颖而出的"年轻的塞巴斯蒂安·奈特，是一个具有敏锐感受力

1　原文中用了两个成语，一是 to take one's hat off to sb.，意为"对某人表示敬佩"；另一个是 to talk through one's hat，意为"胡说八道"或"夸夸其谈"。译文中包含它们的字面意义和隐含意义。

2　原文中用了两个成语，一是 to rap sb. on the knuckles，原为对学童的一种惩罚，现意为"严厉批评某人"；另一个是 to pat sb. on the back，意为"表扬某人"。译文中包含它们的字面意义和隐含意义。

3　The Lethean Library，作者杜撰的文库名称，专门收入被人遗忘的作品。"忘川"取自希腊神话冥府里一河名，据说喝了忘川的水就会忘记过去。

4　Godfrey Goodman（1583—1656），英格兰格洛斯特地区的英国国教主教。

5　Samuel Goodrich（1793—1860），美国出版家、儿童读物作家。

的青年，生活在一个残酷冰冷的世界里。在这个世界，"种种外部现实如此粗野地侵入人最私密的梦幻之中"，因此年轻人的灵魂被逼入一种被围攻的状态，最后被彻底粉碎。"那场战争[1]，"古德曼先生毫不脸红地说，"改变了世界的面貌。"接着，他兴致勃勃地描述了一个年轻人在"职业生涯的多事之晨"所遇到的战后生活的许多特殊层面：严重受骗的感觉、灵魂的疲惫和狂热的肉体刺激（例如"狐步舞的愚蠢淫荡姿势"）、徒劳无功的感觉——及其后果：过多的自由。此外还有残酷的行为、仍在空气中弥漫的血腥味、炫目的电影院、昏暗的海德公园里轮廓模糊的一对对男女、标准化的荣耀、机器崇拜，以及美、爱情、荣誉、艺术等的堕落，等等。堪称神奇的是，古德曼先生本人（据我所知，他是塞巴斯蒂安的同龄人）竟然设法度过了那些可怕的年月并幸存下来。

可是古德曼先生能忍受的事，他笔下的塞巴斯蒂安却似乎不能忍受。作者给我们描绘了这样一幅图画：一九二三年，塞巴斯蒂安结束短暂旅行从欧洲大陆回来之后，在他的伦敦公寓里忐忑不安地从这间屋子踱到那间屋子。欧洲大陆"'赌博地狱'的庸俗诱惑力使他不可名状地感到震惊"。是的，他"踱来踱去……突然抓太阳穴……表达不安的情绪……对这个世界表示愤慨……独自一人……急着要做点什么，可是太软弱，太

1　指第一次世界大战。

软弱……”这些小圆点并不代表古德曼先生唱歌发出的颤音，而是代表我好心地省略掉的句子。“不对，”古德曼先生接着写道，“这不是一个适于艺术家生活的世界。你固然可以装出勇敢的表情，极力表现出奈特作品中那种玩世不恭的态度（在他的早期作品中那种态度令人恼火，在他最后两部作品中那种态度又使人痛苦）……你固然可以表现出鄙视和饱经世故的样子，但荆棘还存在，那尖锐有毒的荆棘。”我不知道他为什么这样说，可是这根（完全神话般的）荆棘的存在似乎让古德曼先生得到了很大的满足。

如果我的话给人的印象是，上述《塞巴斯蒂安·奈特的悲剧》的第一章里仅仅包括源源流出的黏稠的哲学糖浆，那我就有失公正了。第一章里也有构成这本书主体的那种文字画面和趣闻轶事（当古德曼先生写到塞巴斯蒂安与他相识后的那个阶段的生活时），作为点缀糖浆的岩皮饼。古德曼先生不是鲍斯威尔[1]；但毫无疑问，他还是保存了一个笔记本，上面有他草草记录的他雇主的话——其中有一些显然是关于他雇主过去的生活。换句话说，我们必须想象塞巴斯蒂安在工作间歇中会说：你知道吗，我亲爱的古德曼，这让我想起了我生活中的某一天，多年之前，当……故事就讲起来了。在古德曼看来，有六七件这样的事就足以填补他所谓的空白——塞巴斯蒂安在英

---

[1] James Boswell（1740—1795），苏格兰律师和作家，以写塞缪尔·约翰逊博士的传记闻名于世。

格兰度过的青年时代。

　　这些故事中的第一个（古德曼先生认为它特别典型，表现了"战后大学本科生的生活"）描述塞巴斯蒂安领着一个从伦敦来的女友参观剑桥大学。"这是院长的窗户，"他说，然后他拿一块石头砸破窗玻璃，并说，"这就是院长。"不用说，塞巴斯蒂安一直在和古德曼先生开玩笑：这个故事和剑桥大学的历史一样悠久。

　　让我们来看第二个故事。塞巴斯蒂安去德国短期度假期间（一九二一年？一九二二年？），一天夜里，他被街上传来的尖叫声惹恼了，于是开始向吵闹的人扔东西，包括一个鸡蛋。很快就有一个警察来敲他的门，把他扔下去的东西都带来了，除了那个鸡蛋以外。

　　这个故事来自杰罗姆·K. 杰罗姆[1]的一部旧作（或用古德曼先生的话来说是"战前的"作品）。这又是开玩笑。

　　第三个故事：塞巴斯蒂安谈到他的第一部（没有发表便销毁的）小说时解释说，它讲的是一个年轻的胖学生的故事，那学生旅行回到家时发现他的母亲嫁给了他的叔叔；这位当耳科医生的叔叔谋杀了他的父亲。

　　古德曼先生竟没看出这里边的笑料。

　　第四个故事：一九二二年夏天，塞巴斯蒂安工作过累，出

1　Jerome K. Jerome（1859—1927），英国作家，善写幽默作品。

现了幻视，他常看见一个光影般的鬼魂———一个身穿黑色长袍的修士从天上朝他快速飘来。

这个故事有点难懂：它是契诃夫写的短篇小说。

第五个故事：

可是我想咱们还是打住吧，要不然古德曼先生就有变成蜈蚣的危险了。咱们还是让他继续当四足动物吧。我为他感到遗憾，但是没有办法。要是他没有那么认真地给那些"奇怪的事件和遐想"添枝加叶，发表评论，没有做出那么多的推论就好了！坏脾气的、多变的、疯狂的塞巴斯蒂安挣扎在一个粗俗的世界里，那里充满世界主宰者、飞机驾驶者、卑微委琐者、不可描述者[1]……唔，唔，也许这里面有点什么意思。

我要像科学家那样精确。我不喜欢仅仅因为在研究的某个时刻盲目地被毫无价值的拼凑东西激怒而受阻，得不到哪怕一丁点儿真理……谁在谈论塞巴斯蒂安·奈特？是他以前的秘书。他们两人是朋友吗？不是——等一下我们会看到这一点的。一个脆弱、热切的塞巴斯蒂安与一个邪恶、厌烦的世界，两者形成的对照有真实性和可能性吗？一点都没有。两者之间有没有另一种鸿沟、缺口、裂缝呢？肯定有。

你只要读一读《丢失的财物》的前三十页，就能明白古德曼先生（顺便提一下，他从来不引用任何可能与他那充满缪见

1　Juggernauts, aero-nauts, naughts, what-nots，四个名词押韵，不乏幽默讽刺意味。

的著作的主题相悖的材料）是如何无动于衷地误解了塞巴斯蒂安深藏于内心的对于外部世界的态度。对于塞巴斯蒂安来说，"时间"从来都不是具体的一九一四、一九二〇或一九三六年，而总是"第一年"。在他看来，报纸的大标题、政治理论、流行的观念不过是印在某种肥皂包装纸或牙膏包装纸上的喋喋不休的说明书（用三种语言写成，至少两种里有错误）。肥皂或牙膏的泡沫很多，说明书也很令人信服——可是仅此而已。他完全可以理解那些敏感而聪明的思想家因为中国发生地震而睡不着觉；可是，以他的性格，他不能理解那些人想起许多年前（年数与距离中国的英里数一样多）发生的类似天灾时为什么全然感觉不到同样的反感和痛苦。对他来说，时间和空间都是测量同一种永恒未来的尺度，因此，如果有人认为他是以任何特殊的、"现代的"方式对古德曼先生所谓的"战后欧洲的氛围"做出反应，这种想法是荒谬绝伦的。塞巴斯蒂安来到这个世界，有时感到快乐，有时感到不自在，就像一个旅游者可能因看到海上的景象而激动万分，而几乎同时又晕船。无论塞巴斯蒂安可能生在什么时代，他都会既惊喜又难过，既高兴又恐惧，就像一个看哑剧表演的小孩子不时想着明天不得不去看的牙科医生。塞巴斯蒂安感到不自在，不是因为他在一个不道德的时代里讲究道德，也不是因为他在一个道德的时代里不讲究道德，更不是因为他的青春在一个充斥着过分迅速产生的一系列葬礼和焰火的世界上没有充分自然迸发而产生压抑感，而是因为他逐渐认识到自己内心的节奏比其他人的要丰富得多。就是在那时候，在他的剑桥大学阶段行将结束的时候，也许再早一点，他就知道自己最细微的想法或感觉总是比邻室学友的想法和感觉多出至少一个维度。如果他生性爱故弄玄虚的话，他很可能会炫耀这一点。可是他的本性并非如此，所以他只因为自己是玻璃当中的水晶、圆圈当中的球体而感到尴尬（但是与他最后安下心来从事文学创作时的经历相比，这一切都是微不足道的）。

塞巴斯蒂安在《丢失的财物》中写道："我是那么羞涩，不知怎么总是犯我最不想犯的错误。我极力去适应周围的环境，与其保持颜色一致；在这灾难性的努力中，我只能被比作一条患色盲症的变色龙。对我和对别人来说，我的羞涩本来更容易忍受，如果它是正常的、黏黏糊糊、疙疙瘩瘩的那种：很多年轻人都经历过这个阶段，而且谁都不会真正介意；可是在我身上，羞涩以一种病态的隐秘形式表现出来，这与青春期的痛苦没有任何关系。酷刑房里最陈腐的发明中，有一项是不让犯人睡觉。大部分人度过一天时，大脑的这部分或那部分会处于昏昏欲睡的快乐状态：一个正在吃牛排的饥饿的人只对自己的食物感兴趣，而不会有兴趣，比如说，去回忆一个他七年前做过的关于戴高礼帽的天使的梦。但我的情况是，我大脑里所有的百叶窗、盖子和门全天候同时打开。大多数人的脑子星期天都休息，而我的脑子却连半天休假都得不到。这种全天清醒的状态特别痛苦，而且它的直接后果也是痛苦的。我理所当然必须做的每一个普通动作都显得那么复杂，在我的脑中引起了那么多的联想，而且这些联想是那么微妙和费解，对于实际生活毫无用处，因此我要么放下手头的事不做，要么因为神经紧张而把事情做得一塌糊涂。一天上午，我去见一家评论杂志的编辑，我想他有可能刊登我在剑桥时写的诗。我听着他结结巴巴的说话声，看着外面由房顶和烟囱构成的图案中的多个斜角组合，它们由于窗玻璃的瑕疵而显得有些扭曲，再闻到房间里一股发霉的怪味（是玫瑰花在字纸篓里腐烂的气味吗？），我的思想开了小差，去执行费时间的复杂任务去了，所以我没有说出原来想说的话，而是突然对这个初次见面的人谈起了我们两人都认识的一个朋友的文学创作计划；那个朋友曾叫我替他保密，可是等我想起来的时候已经太晚了……

"……我知道我的意识经常开小差，很危险，因此我害怕见人，害怕伤害他们的感情，害怕自己在他们眼里会显得可笑。但是这个如此折磨我的特性或者说缺点，在遭遇所谓"生活的实际方面"的挑战时（虽然你我都知道，记账和卖书在月光下都显得那么怪，那么不真实），却变成了一种产生极大快乐的手段，每当我向孤独让步的时候都是如此。我深深地爱着这个国家，它是我的家园（只要我的本性能够承受"家园"的概念）；我有吉卜林[1]

1　Rudyard Kipling（1865—1936），英国作家，出生在印度，一九〇七年获诺贝尔文学奖。

那样的心境，有鲁珀特·布鲁克[1]那样的心境，有豪斯曼[2]那样的心境。无论是哈罗德百货公司[3]附近一个盲人的狗还是一个街头画家的彩色粉笔，无论是去新福里斯特[4]乘车游览时见到的棕色树叶还是贫民区黑砖墙上挂着的一个锡制澡盆，无论是《笨拙》周刊[5]上的一幅画还是《哈姆雷特》中的一个华丽段落，所有这些都构成了一种明显的和谐，在这和谐之中，我也占有一席之地。对于我在伦敦度过的青年时代，我记得那些次无休止的、漫无目的的游逛，记得一扇被阳光照耀得晃眼的窗户突然刺穿蓝色晨雾的情景，记得一根根黑色电线上雨珠流动的美丽景象。我似乎迈着缥缈的脚步越过一片片鬼影绰绰的草坪，穿过一个个充斥着夏威夷音乐刺耳音响的舞厅，经过一条条名字好听但毫无生气的小街，最后来到一个温暖的山谷，那里有一个与我的自我最相像的东西蜷缩在黑暗之中。"

可惜古德曼先生事先没有闲空仔细阅读这一段；即使他读了，他是否能抓住其中的含义还值得怀疑。

古德曼先生很大方，给我寄来一本他的书。在附带的信函里，他用极其诙谐的口吻（以及让人从字里行间能体会出的和

1　Rupert Brooke（1887—1915），英国诗人。

2　Alfred Edward Housman（1859—1936），英国诗人，研究拉丁文和古希腊文的学者。

3　Harrods，伦敦有名的购物商场。

4　New Forest，英格兰汉普郡西南部一片有树林覆盖的乡野。

5　*Punch*，创刊于一八四一年的滑稽周刊。

善的一眨眼）解释道：如果我们那次访谈时他没提这本书，那是因为他想让这本书给我极度的惊喜。他的口气、他的大笑、他的言辞浮夸的妙语——这一切都暗示：一个声音粗哑的老世交出现了，并且给最小的孩子带来了珍贵的礼物。可是古德曼先生不是一个好演员。他也根本不是真的认为我见到他写的书会高兴，不是真的认为我会因为他特意给我家的一个成员扬了名而高兴。他一直都知道他的书是垃圾，他知道这本书从封皮、护封，到护封上的简介都骗不了我，报刊上的任何评论和短评也都骗不了我。我不太清楚他当时为什么认为不让我知道这事更为明智。也许他以为我会调皮地坐下来以飞快的速度写我的书，好赶上与他那本书同时出版。

可他并不只是给我寄来了书。他还按照承诺给我写了细节说明。这里不是讨论那些事情的地方。我把那些材料交给了我的律师，他已经告诉了我他的结论。在这里我只能说，塞巴斯蒂安在实际事务方面的真诚态度被人以最粗暴的方式利用了。古德曼先生从来就不是一个正规的文学代理人。他只是在书籍上下赌注。他当然不属于那种智慧、诚实、努力工作的职业人士。这事我们就说到这里；但是对于《塞巴斯蒂安·奈特的悲剧》，或者不如说是《古德曼先生的闹剧》，我的话还没说完呢。

八

　　我妈妈去世后过了两年，我又见到了塞巴斯蒂安。在那两年期间，我除了收到他执意寄来的支票外，只收到过他的一张带有图片的明信片。一九二四年十一月或十二月，一个天色灰蒙蒙的下午，我正在香榭丽舍大街上向星形广场走去，突然间，透过一家大众餐馆的玻璃门脸，我看见了塞巴斯蒂安。我记得我最初的冲动是继续往前走，因为我突然意识到他来到巴黎却没和我联系，感到很痛心。我想了一下，还是进了餐馆。我看见塞巴斯蒂安那光亮的深褐色的后脑勺，和坐在他对面的一个戴眼镜的姑娘的低下的脸。那姑娘正在看一封信，我走近的时候，她淡淡一笑，把信递给了塞巴斯蒂安，又摘下有角质镜架的眼镜。

　　"内容不丰富吗？"塞巴斯蒂安问，就在这会儿我把手搭在他瘦削的肩膀上。

　　"啊，V[1]，你好，"他抬起头来说，"这是我弟弟，这是毕晓普小姐。坐下吧，坐舒服点儿。"毕晓普小姐很好看，很文静；面庞白皙，稍有雀斑，面颊有些凹陷；眼睛蓝灰色，有点近视；嘴唇很薄。她穿着裁剪得体的灰衣服，戴着蓝围巾和一顶三角小帽。我相信她是留着短头发。

"我正要给你打电话呢。"塞巴斯蒂安说。我想这恐怕不是真话。"你知道吗，我在这里只待一天，明天就要回伦敦。你想喝点什么？"

他们两人正在喝咖啡。克莱尔·毕晓普在她的手包里摸索着什么，她的眼睫毛上下颤动。她找出一块手绢，轻擦粉红色的鼻孔，先擦一个，再擦另一个。"感冒加重了。"她说，并"啪"的一声关上了手包。

"啊，很不错。"塞巴斯蒂安说，他是在回答一个很明显的问题，"事实上，我刚刚写完一部长篇小说。我选定的那家出版商给我寄来一封鼓励信，从这封信判断，他好像很喜欢这本书。看起来，他甚至对小说的标题《知更鸟²反击》表示赞同，尽管克莱尔不同意。"

"我觉得这标题听着就傻，"克莱尔说，"再说一只鸟也不会反击啊。"

"这是从一首有名的童谣来的。"塞巴斯蒂安说，他是解释给我听的。

"愚蠢的典故，"克莱尔说，"你的第一个标题比这要好得多。"

"我不知道……棱镜……棱镜的……"塞巴斯蒂安低声说，"那不是我想要的标题……可惜'知更鸟'那么不让人

---

1 本书第一人称叙述者名字的第一个字母。

2 Cock Robin，来自英语童谣"Who Killed Cock Robin"（《谁杀了知更鸟》）。Cock Robin 的字面意思虽为"知更鸟"，但作为名字也暗指英国文学中劫富济贫的传奇人物罗宾汉。

喜欢……"

"一个标题,"克莱尔说,"必须传达书的色彩——而不是它的题材。"

这是我第一次也是最后一次听到塞巴斯蒂安在我面前讨论文学上的事。我也很少看见他如此轻松愉快。他显得干净利索,身体健康。他那轮廓优美的白皙面孔,以及面颊上的一点阴影——他是那种为了去外面吃饭不得不每天刮两次脸的不幸的人——没有显出一丝往常的不健康的灰暗颜色。他那对有点尖的大耳朵颜色火红,就像他快乐得激动时的样子。而我却一句话都说不出来,而且有些僵硬。不知怎的,我觉得自己介入了不该介入的谈话。

"咱们去看个电影,或者干点什么,好吗?"塞巴斯蒂安问,同时把两个手指头伸进西装背心的口袋里。

"随你吧。"克莱尔说。

"Gah-song[1]。"塞巴斯蒂安说。在这之前我就注意到,他努力像一个真正健康的英国人那样念法语词。

我们花了一些时间在桌子底下和长毛绒座位底下找寻克莱尔的一只手套。她抹了一种清凉味的好香水。最后我找到了手套,是灰色仿麂皮的,有白色衬里和带流苏的喇叭形护腕。我们通过旋转门时,她慢慢地戴上了手套。她个子很高,后背挺

1　用拉丁字母转写的法语 Garçon,伙计、侍者。作者用这样的拼写来表示人物的法语发音不准确。下同。

得很直，脚腕很漂亮，穿着平跟鞋。

"哎呀，"我说，"我不能和你们一起去看电影了。很抱歉，我有别的事要处理。也许……可是你具体什么时间走？"

"啊。今天晚上，"塞巴斯蒂安回答，"可是我很快还要来的……我真笨，没有早点告诉你。不管怎么说，我们可以陪你走一小段路……"

"你熟悉巴黎吗？"我问克莱尔……

"我的包裹。"她突然停下来说。

"呃，好吧，我去拿。"塞巴斯蒂安说。他走回餐馆。

我和克莱尔两人沿着宽阔的人行道慢慢地往前走。我怯生生地重复了刚才的问题。"是的，比较熟悉，"她说，"我在这里有些朋友——我要和他们一起待一段时间，直到圣诞节。"

"塞巴斯蒂安看着身体挺好的。"我说。

"是啊，我想他的身体是不错，"克莱尔说，一边回过头张望，然后朝我眨了眨眼，"我第一次见到他的时候，他看上去一副穷愁潦倒的样子。"

"那是什么时候？"我大概是这样问的，因为我现在还记得她的回答："今年春天在伦敦，在一个很糟糕的聚会上，可是那个时候他在聚会上总是显得穷愁潦倒的。"

"你的 bongs-bongs[1] 在这儿，"我们背后响起了塞巴斯蒂安

1　用拉丁字母转写的法语 bonbons，糖果。

的声音。我告诉他们，我要去星形广场地铁站，于是我们从左边沿着广场的边缘走。我们正要穿过克莱贝尔大街时，克莱尔差点让一辆自行车撞倒。

"你这个小傻瓜。"塞巴斯蒂安说，一面拽住了她的胳膊肘。

"鸽子太多了。"克莱尔说，这时我们走到了人行道的边缘。

"是啊，太多了，它们还有一股味。"塞巴斯蒂安补充说。

"什么味？我的鼻子堵了。"她问道，同时吸吸鼻子，仔细端详着在我们脚边大摇大摆走着的一大群肥鸽子。

"鸢尾花和橡胶味。"塞巴斯蒂安说。

一辆大卡车在避让一辆运家具的小货车时发出低沉的长音，吓得那些鸽子飞了起来，在空中打转。它们落在凯旋门的珍珠灰色和黑色的雕带上。当一些鸽子扑打着翅膀再飞起来的时候，带浮雕的柱顶部有些地方似乎变活了，像雪片纷飞。几年之后，我在塞巴斯蒂安的第三本书里找到了描绘这种情景的画面："那石头化成了翅膀。"

我们又穿过了几条大街，来到地铁站的白色扶梯前。我们在那里分了手，大家情绪都很愉快……我还记得塞巴斯蒂安的向后倾斜的雨衣和克莱尔的蓝灰色身形。她挽起他的手臂，调整了步伐，跟上他那摇摇晃晃的大步。

现在，我从普拉特小姐那里了解到很多事，这让我渴望了解得更多。她要求和我谈话的目的在于弄清楚塞巴斯蒂安的遗物里是否还有克莱尔·毕晓普写的信。她强调这不是克莱尔·毕晓普让她打听的；事实上克莱尔·毕晓普并不知道我们两人的谈话。克莱尔现在已经结婚三四年了，她过于高傲，不愿意谈论往事。普拉特小姐是在塞巴斯蒂安的死讯见报后过了约一星期才见到克莱尔的，可是这两个女人虽说是老朋友（也就是说，她们相互知道对方的很多事，多得超出对方的想象），克莱尔都没有详谈这件事。

"我希望他没有太不快活，"克莱尔平静地说，然后又说，"我不知道他是不是还保存着我的信。"

克莱尔说这话时的姿态、她眯眼睛的样子、她改换话题前的一声叹息，使她的朋友相信，如果她知道自己的信已被销毁会大大地松一口气。我问普拉特小姐，我能不能和克莱尔取得联系，我能不能说服克莱尔给我讲塞巴斯蒂安的事。普拉特小姐回答说，她了解克莱尔，她甚至不敢把我的要求转达给克莱尔。"没希望。"这是她的回答。一刹那间我产生了一个不道德的想法，我很想暗示：那些信都在我手里，我愿意把它们交给克莱尔，条件是允许我去访问她；我是那么强烈地渴望见到她，只是为了看到我要提的那个名字的阴影怎样从她脸上掠过。可是不行——我不能用塞巴斯蒂安的往事进行敲诈。绝对不能。

"那些信都烧了。"我说。然后我继续请求，一遍又一遍地说，试一试总不会有什么坏处吧；当她告诉克莱尔我们的谈话情况时，难道不能让克莱尔相信我的访问会很短，并无恶意吗？

"你到底想知道什么？"普拉特小姐问，"因为，你要知道，我本人就可以告诉你很多事情。"

她给我讲了很长时间，都是关于克莱尔和塞巴斯蒂安的事。她讲得非常好，尽管她像大多数女人一样，在回顾往事时总想进行道德说教。

当她的故事讲到某一点的时候，我打断了她："你的意思是，谁都没有发现另一个女人叫什么名字吗？"

"没有。"普拉特小姐说。

"可是我怎么找她呢？"我喊道。

"你永远找不到她。"

她谈到塞巴斯蒂安的病情时，我又打断了她："你说他是什么时候得的病？"

"哎呀，"她说，"我不大清楚。我看见他发病的那次已经不是第一次了。当时我们从一个饭店出来。天很冷，他找不到出租车。他很紧张，很生气。他朝着一辆停得远一点的出租车跑过去。然后他停下来，说觉得不好受。我记得他从一个小盒子里拿出一个药丸或什么东西，包在他的白丝围巾里用力捏，好像还把它往脸上搌。那一定是一九二七年或二八年的事。"

我又问了几个问题。她仍然是那么认真地逐个回答，然后继续讲她那忧伤的故事。

她走了以后，我把这些都记录下来——可那是死的故事，死的故事。我必须见到克莱尔！只要看上她一眼，和她说上一个字，只要听见她说话的声音，就足以让往事鲜活起来（而且必须这样，绝对有必要）。我为什么会这么想，自己也不明白；正如我总也弄不明白，在几个星期之前的难忘的一天，我为什么那么相信，如果能找到一个垂死的但还有意识的人，就能了解到迄今为止没有人了解的事情。

后来，在一个星期一的早晨，我去了克莱尔的家。

女仆把我领进一间小客厅。克莱尔在家里，我至少从那个脸色红润而且处事自然的年轻女仆那里了解到这一点。（塞巴斯蒂安在什么地方提到过，英国小说家们在描写家庭女仆的时候总是用某种一成不变的口气。）另一方面，先前我从普拉特小姐那里得知，毕晓普先生每星期一到星期五都在伦敦城里忙公务；奇怪——克莱尔·毕晓普嫁给了一个和她同姓的男人，而且还没有亲戚关系，完全是巧合。她不愿意见我吗？我应该说，他们的家境比较富裕，但不是很……也许二楼有一间 L 形客厅，客厅上面有几间卧室。整条街上都是这种结构紧凑的狭窄房子。她下个决心花的时间可真够长的……我来之前是不是应该壮着胆子先打个电话呢？普拉特小姐是不是已经把那些信的事告诉她了？突然我听见有人下楼梯的轻柔脚步声，一个高大的男人迈着轻快的步子走进了房间，他穿着一件镶有紫色帖边的黑色晨衣。

"很抱歉，我穿着这样的衣服，"他说，"可是我得了重感冒。我叫毕晓普，我想你要见我的太太。"

我突发奇想，把感冒传染给他的是不是我十二年前见过的那个鼻子粉红、声音沙哑的克莱尔呢？

"啊，对，"我说，"如果她没忘记我的话。我们在巴黎见过一次。"

"哦，她倒是记得你的名字，"毕晓普先生说，并直视着我，"可是我很抱歉，她不能见你。"

"我晚点再来行吗？"

片刻的沉默过后，毕晓普先生问：

"我猜你的来访跟你哥哥的死有些什么关系吧，我说得对吗？"他站在我面前，两手插在晨衣口袋里看着我，他的浅黄色头发像是用一把愤怒的刷子往后刷的———一个好人，一个体面的家伙，我希望他不介意我在这里这么说。我要补充一句，最近在很悲伤的情况下我和他通了几封信，这些信消除了我们第一次谈话时可能产生的任何不好的感觉。

"她会因为这事不见我吗？"这回是我发问了。我承认，那是句蠢话。

"你无论如何不能见她，"毕晓普先生说，"对不起，"他又说，语气变得缓和了一些，因为他感觉我正在安全地退出。"我相信在别的情况下……可是你要明白，我的太太对回忆过去的友谊过于敏感，而且恕我直言，我认为你就不应该来。"

我步行回去，一路上懊悔自己把事情搞糟了。我想象着如果我发现克莱尔独自在家我会对她说什么。不知怎的，我这时竭力说服自己，如果她是独自一人的话，她会见我的：看来一个没有预见到的障碍会使你事先设想的那些障碍变得微不足道。我本来会说："咱们不谈塞巴斯蒂安。咱们谈谈巴黎吧。你对巴黎很熟悉吗？你还记得那些鸽子吗？告诉我你最近在读什么书？……谈谈电影怎么样？你现在还丢手套、丢包裹吗？"或者我可以用一个更大胆的方法，直接发起攻击。"是啊，我知道你对这事的感受，可是请你给我讲一点他的事，我求你啦。为了他的形象。为了那些小事，如果你不让我把它们写进关于他的书里，它们就会溜走，就会消逝了。"哎，我相信她永远不会拒绝的。

两天之后，我坚定地怀着这最后的意图又做了一次努力。这一次我决心要更加慎重。那是一个晴朗的早晨，天色还早，我能肯定她不会总待在屋里。我会在她那条街的拐角处占一个不起眼的位置，等着她的丈夫出发去伦敦城，等着她出来，然后上前和她搭话。可是事情并没有完全像我期待的那样发展。

我离预定的地点还有一小段距离，克莱尔·毕晓普就突然出现了。她刚刚从我这边穿过马路，到了另一边的人行道上。我马上就认出了她，尽管我是多年前见的她，而且只和她一起待了短短的半小时。她的脸现在苍白清癯，身体圆鼓鼓的，样子很怪，可我还是认出了她。她走得很慢，脚步沉重。当我过了马路朝她走去的时候才意识到，她已经怀孕好几个月了。由于我生性好冲动（这常让我误入歧途），我不自觉地朝她走过去，脸上带着欢迎的微笑，可就在那几分钟里，我那十分清醒的意识占了上风，我认识到无论用什么方法我都无法和她谈话，无法和她打招呼。这跟塞巴斯蒂安没有关系，跟我的书没有关系，跟我对毕晓普先生说的话也没有关系，完全是因为她庄重的聚精会神的样子。我知道我甚至不应该让她认出我来，可是正如我刚才说的，我的冲动本性驱使我过了马路，让我在走上人行道的时候差一点撞上她。她脚步沉重地往边上躲闪，并睁大了患近视的眼睛。感谢上帝，她没有认出我来。她的面孔苍白，上面有锯末似的斑点，表情肃穆，有些令人痛心。我们两个人都停下脚步。我出于一种可笑的心境从衣服口袋里拿出我摸到的第一件东西，并说："对不起，这是你掉的吗？"

"不是。"她说，并冷漠地笑了笑。她把那东西拿到眼前看了看。"不是。"她又说，一面把它还给我，然后继续往前走。我站在那里，手里拿着一把钥匙，好像我刚从人行道上捡起来似的。那是塞巴斯蒂安的公寓的碰簧锁钥匙，我感到一阵奇怪的心痛，我认识到，她刚才是用自己无辜的、没有知觉的手指头去触摸它的……

九

　　塞巴斯蒂安和克莱尔之间的关系持续了六年。在此期间，塞巴斯蒂安写出了他的头两部长篇小说：《棱镜的斜面》和《成功》。他创作第一部用了七个多月（一九二四年四月至十月），创作第二部用了二十二个月（一九二五年七月至一九二七年四月）。在一九二七年秋季和一九二九年夏季之间，他写了三篇短篇小说，后来（在一九三二年）把它们结集再版，书名为《有趣的山》。换句话说，克莱尔亲眼见证了他总共五部作品中前三部的创作过程（我省略了他年轻时的作品——例如在剑桥时写的诗歌——已被他本人销毁）。在创作上述作品的间隙里，塞巴斯蒂安一直在策划这个或那个创新项目，有时加以变动，有时搁置一边，有时再做变动，因此我们有把握认为，在这六年当中他一直很忙。而克莱尔就喜欢他的职业。

　　克莱尔没有敲门就闯入了塞巴斯蒂安的生活，这就如同一个人会因为一个房间与自己的房间有点相像便走了进去。她待在这个房间里，忘记了出去的路，于是默默地习惯了里面的奇怪生灵，并且抚摸它们，尽管它们的形体令她惊讶。克莱尔没有特殊的意图，没想过让自己幸福或让塞巴斯蒂安幸福，对于以后会发生什么事也没有一丝担忧；这只是个自然地接受与塞巴斯蒂安共同生活的问题，因为没有他的生活是难以想象的，比地球人在月球的山上搭野营帐篷还难以想象。如果当初她给塞巴斯蒂安生下一个孩子的话，他们两人很可能会悄悄地结婚，因为那对他们和孩子来说是最简便的解决办法；但由于没出现那种情况，他们根本没想过要顺从习俗，举行符合道德的白色结婚仪式；如果他们做过必要的考虑的话，两人大概都会欣赏那种仪式的。塞巴斯蒂安身上没有你们的那种先进的"让偏见见鬼去吧"的东西。他知道得很清楚，故意显示自己对道德准则的蔑视，无异于表现自己自命不凡，无异于亮出自己的偏见。他通常选择最容易走的伦理道路（正如他选择荆棘最多的美学道路），只是因为那是通向他既定目标的最好捷径；在日常生活中他过于懒惰（正如他在艺术生活中过于勤奋一样），不愿意为别人提出并解决了的问题而烦恼。

克莱尔遇见塞巴斯蒂安的时候是二十二岁。她不记得她的父亲；她的母亲也去世了，她的继父又结了婚，因此，她的继父及其再婚妻子给予她的"家"的模糊概念，可以用古老的智者派辩论术[1]的说法来比喻，是"更换过的刀柄和更换过

_____

1　sophism，智者派系公元前五世纪和公元前四世纪古希腊的一些演说家、作家和教师，也称诡辩派。他们大多周游希腊全境，以教授辩论术、修辞、伦理学等知识为职业。他们批判旧观点，用合理的论点代替旧观点，引起了青年人的特别注意，也因此引起维持旧传统的人的反对。

的刀片"[1]，尽管她显然不能指望找回原来的刀柄和刀片并把它们安装在一起——至少今生今世不可能。她独自住在伦敦，好像是上了一所美术学校，还学习了东方语言课程，还做了很多别的事。人们喜欢她，因为她文静漂亮，面部虽不显聪慧但有魅力，声音柔和沙哑，不知怎的让人忘不掉，好像上苍用微妙的方法赋予了她一种天才，可以让人记住她：她来到你的心中，形象非常清晰，让人永远忘不掉[2]。就连她那双指关节突出的大手也有一种特殊的魅力，而且她擅长跳舞，是个轻盈沉默的舞者。可是她的最优秀之处在于，她属于那种非常非常罕见的女人；这种女人对这个世界不是采取习以为常、麻木不仁的态度，也不把日常事物仅仅看成反映自己女性特质的熟悉的镜子。她具有想象力——灵魂的影响力——而且她的想象力具有特别强的、几乎是男性的特质。她还有真正的美感。这种美感与艺术没有多大关系，而是与她乐于观察的习惯有关，她乐于看到煎锅周围有神圣光环，乐于看到垂柳和斯凯狗之间有相似之处。最后一条，她有上苍赋予的敏锐的幽默感。难怪她能那么好地适应塞巴斯蒂安的生活。

1　这个说法来自西方哲学家经常引用的一个逻辑论证的经典例子。希腊哲学家亚里士多德曾讲过一个故事：一个印度哲学家遇见一个乡村木匠，看到木匠正用一把结实好看的刀子干活。他问木匠这把刀子用了多少年，木匠说有三十年了，那是他家祖辈传下来的。看到哲学家惊奇的样子，木匠又说："刀柄已经换了几次，刀片也换了几次，可是刀子还是同一把刀子……"这个故事暗示了一个悖论：刀柄和刀片既然都已换过，那刀子还是同一把刀子吗？

2　mnemogenic，作者杜撰的词，意为"有能让别人记住自己的天才"。

他们在初识阶段经常会面；秋天时克莱尔去了巴黎，我猜想塞巴斯蒂安不止一次去巴黎看她。那时，塞巴斯蒂安的第一本书已构思好了。克莱尔已学会了打字，因此对她来讲，一九二四年夏天的夜晚就是进入打字机送纸缝的一页页纸，带着黑色、紫色的鲜活词语又卷了出来。我可以想象克莱尔轻轻地敲击着闪亮的键盘，伴随着窗外温暖阵雨滴落黝黑榆树的沙沙声，伴随着屋子里不时响起的塞巴斯蒂安的缓慢、严肃的声音（普拉特小姐说，他并非仅仅口述，简直就是发号施令）。塞巴斯蒂安一天当中要花大部分时间写作，可是进展非常艰难，因此每天晚上克莱尔打字记录下来的新内容不过十一二页，就是这些还常常要返工，因为塞巴斯蒂安常随心所欲地修改；我敢说，有时他会做任何作者都不会做的事——用歪歪斜斜的非英语字体来抄写已打好的一页，然后再口述一遍。他在使用词语方面煞费苦心，分外痛苦，这有两个原因。一个是这类作家都会遇到的情况：他们必须跨越横亘在"表达方法"和"思想"之间的深渊；你会感觉恰当的词语、唯一可用的词语就在远处雾蒙蒙的对岸等着你，这种感觉令人发疯；而尚未裹上衣服的"思想"则在深渊这一边吵着要那些词语，这让人战栗。塞巴斯蒂安不用现成的短语，因为他想说的事情都有特殊的身材，他更知道真正的概念如果没有量身定做的词语来表达就不能算存在。所以（用一个更近似的比喻），表面赤裸的"思想"要求穿上衣服，好让人们看见它；而躲得很远的词语并不是表面上的空壳，它们只不过等着已被它们遮蔽的"思想"来点燃它们，启动它们。塞巴斯蒂安有时感到自己像个孩子，别人给了他一大团乱七八糟的电线，命令他创造发光的奇迹。他确实创造出来了；有时他根本意识不到自己做成这件事用的是什么方法，有时他又用看似非常理性的方法花几小时不断撕扯电线——而什么都没做成。克莱尔一生中没有创作过一行富于想象的散文或诗歌，但她对塞巴斯蒂安煞费苦心搞创作的每个细节都了解得那么清楚（那是她个人的奇迹），因此对她来说，她用打字机打出的字与其说是传达其自然意义的载体，不如说是显示塞巴斯蒂安沿着理想的表达路线摸索着走过的环路、鸿沟和弯路。

然而我要说的还不止这些。我知道，就像知道我和塞巴斯蒂安有共同的父亲那样肯定地知道，塞巴斯蒂安的俄语比他的英语好，而且更自然。我相信他可能是用五年不说俄语的方法来强迫自己认为已忘掉了俄语。可是语言是活生生的客观存在的东西，不可能轻易地摒除。还有，应该记住的是，他出版第一本书的五年之前——也就是说，他离开俄国的时候，他的英语和我的英语一样差。几年之后，我靠人为的方法（通过在国外努力学习）提高了英语；他则试图在说英语的环境里自然而然地提高英语。他的英语确实有了惊人的进步，可我还是要说，如果他一开始就用俄语写作，在使用语言上就不会有那么多痛苦了。让我再说一句，我保存着一封他去世前不久写给我的信。那封短信是用更纯粹和更丰富的俄语写的，他的英语从来没有达到那样的程度，无论他在作品中使用的表达方式有多么美。

我也知道，当克莱尔记下塞巴斯蒂安从乱麻般的手稿里择出的词语的时候，她有时会停止击键，轻轻地拉出夹在打字机里的纸页的外缘，重新阅读那一行，然后微微皱起眉头说："不行，我亲爱的，这话英语不能这么说。"塞巴斯蒂安会瞪她两眼，然后继续在屋里踱步，很不情愿地考虑着她的意见，而她则轻轻叠起双手，放在膝上，静静地等待。最后塞巴斯蒂安会嘟囔着说："这个意思没有别的办法表达。""嗯，如果，比如说，"克莱尔会这样说——然后提一个具体建议。

"啊，好吧，如果你喜欢的话。"塞巴斯蒂安会这样回答。

"我不是非要坚持我的意见，我亲爱的，就按你的想法办吧，如果你认为语法差也无伤大雅的话……"

"啊，接着打字吧，"他会喊道，"你完全正确，接着打吧……"

到了一九二四年十一月，《棱镜的斜面》已经完成。小说于第二年三月出版，完全没有达到预期的效果。我查阅了那个时期的报纸，就我所知，这本书只被提到过一次。那是在一家每逢星期天出版的报纸上，只有五行半，而且是夹杂在评论其他书的文字中间。《棱镜的斜面》显然是一部长篇小说处女作，因此评论时不应像对（前面提到的某某人的书）那样严厉。在我看来，这本书的有趣之处在于它的晦涩，而它的晦涩之处又很有趣，但是也可能存在一种小说，其细枝末节我永远捉摸不透。然而为了帮助那些喜欢这类东西的读者，我可以多说一句：奈特先生善于描述繁琐细节[1]，正如他善于在动词不定式中间插入副词[2]那样。"

那年春天可能是塞巴斯蒂安一生中最快乐的时期。他刚从一本书里解放出来，就感觉到下一本书的颤动。他的身体状况好极了。他有一个令人愉快的伴侣。过去常有许多令人担忧的小事困扰他，就像一大群蚂蚁坚持不懈地爬满整个庄园；现在他再也不受那些小事的困扰了。克莱尔替他寄信，替他核查洗衣店送回的衣服，确保他有足够的刮脸刀片、烟草和咸杏仁，要知道吃咸杏仁是他的一大嗜好。他很喜欢和克莱尔一起去外面吃饭，然后去看话剧。话剧几乎总是让他浑身不舒服，回去之后还要抱怨，可是他逐渐通过剖析陈词滥调找到了病态的快乐。他会因为一个表达贪婪的词语、一个表达邪恶热望的词语而张大鼻孔，而当他抓住了一个小错时，会突然厌恶得直咬后牙。普拉特小姐记得，有一次她那位对投资电影工业有兴趣的父亲邀请塞巴斯蒂安和克莱尔去看一场内部放映的耗资巨大、气势恢宏的影片。男主角是一个围着豪华包头巾的非常英俊的小伙子，剧情极富戏剧性。让普拉特小姐最为惊讶和恼火的

1　2　原文分别为"splitting hair"和"splitting infinitive"，巧妙使用头韵，造成幽默效果。

94

是，在剧情最紧张的时刻，塞巴斯蒂安竟哈哈大笑起来，笑得全身发抖，克莱尔也很激动，但是她不断扯他的袖子，无奈地试图制止他。塞巴斯蒂安和克莱尔两人在一起一定度过了非常快乐的时光。很难相信，这段温馨、亲切和美好的时光竟然没有被某个见证俗人生活的神仙用某种方式收集起来，珍藏起来。神仙一定看见过塞巴斯蒂安和克莱尔在丘园[1]或里士满公园[2]里散步（我从来没去过那两个公园，但觉得它们的名字很吸引人）；或者看见过他们夏天在乡下漫游途中坐在某个漂亮的小旅店里吃火腿鸡蛋；或者看见过他们在塞巴斯蒂安书房的宽大长沙发上看书，壁炉里的火焰欢快地跳动，空气里已充满一种英国圣诞节的气息，因为在薰衣草和皮革的气味中又增添了淡淡的香料味。神仙一定偶然听到过塞巴斯蒂安给克莱尔讲述自己在下一本书《成功》里将要描写哪些不同寻常的事情。

一九二六年的一个夏日，塞巴斯蒂安煞费苦心地写完了特别难写的一章之后，感觉干渴难耐，头昏脑涨，他想去国外度假一个月。克莱尔当时还要在伦敦处理事务，她说一两个星期以后会去找他。当克莱尔终于到达塞巴斯蒂安先前决定要去的那个德国海滨度假地时，出乎她的意料，宾馆的人告诉她塞巴斯蒂安已经走了，不知去了什么地方，但他过两天还会回来。

1　2　Kew Gardens, Richmond Park，均为伦敦市的公园。

克莱尔对此大惑不解；她后来告诉普拉特小姐，当时她并没有觉得太着急或太难过。我们可以想象克莱尔当时的境遇：她又高又瘦，穿着蓝色雨衣（天空布满阴云，很不友善），毫无目的地在海滨小道上散步；沙滩上没有什么人，只有几个对天气并不感到失望的孩子；几面三色国旗在衰败的微风中哀伤地飘扬，猎猎作响；钢灰色的海水击打着这边或那边的海滩，波峰变成了一团团泡沫。在远处的海岸上有一片山毛榉树林，幽深且昏暗，林中没有其他灌木，只有一小片一小片的旋花属蔓生植物[1]点缀着起伏不平的褐色土壤；一种奇怪的褐色的寂静在那些直挺平滑的树干之间等待着什么：她想，她随时可能发现一个德国童话里戴红帽子的矮个土地神在山谷的落叶间目光炯炯地窥视她。她拿出游泳用的衣物，躺在柔软的白色沙滩上度过了快乐但倦怠的一天。第二天早上又下起雨来，午饭前她一直待在屋子里阅读约翰·多恩[2]的作品，对于她来说，多恩从那时起便与那个雨蒙蒙日子的灰白光线永远联系在一起了，与一个闹着要去走廊玩耍的孩子的哭喊声永远联系在一起了。塞巴斯蒂安很快就来了。他见到克莱尔时肯定是很高兴的，可是他的举止有些不自然。他好像很紧张，很不安，每次克莱尔要直视他的眼睛时，他总是把脸扭向别处。他说他遇到了一个多年前在俄国认识的男人，他们坐着那人的汽车去了——他

1　原文为 bindwood（常春藤），疑为 bindweed（旋花属蔓生植物）之误。
2　John Donne（1572—1631），英国玄学派诗人。

说了一个地名，那地方在几英里外的海岸边。"可是，我亲爱的，这到底是怎么回事啊？"她问道，同时仔细端详着他板着的脸。

"啊，没什么，没什么，"他愠怒地说，"我不能坐在这里什么都不干，我想干我的活。"他又说，并往别处看。

"我想知道你说的是不是实话。"她说。

他耸了耸肩，并用手掌边缘触摸他拿着的帽子的帽槽。

"走吧，"他说，"咱们去吃午饭，然后回伦敦。"

可是那天下午没有方便的火车，要到晚上才有。由于天已放晴，他们就去外面散步。塞巴斯蒂安有一两次尽量表现得像往常跟她在一起时那样高兴，但是很快就不行了，两人都不说话了。他们来到山毛榉树林。树林仍是那样神秘，充满单调的悬念；尽管克莱尔并没告诉塞巴斯蒂安自己前一天来过这里，但塞巴斯蒂安说："这地方多有意思，多安静啊。令人恐怖，是不是？你多半可以指望在那些落叶和旋花属植物当中看见一个褐色小精灵。"

"你听着，塞巴斯蒂安，"她突然喊道，并把双手搭在他的肩上，"我想知道到底是怎么回事。你大概不爱我了吧。是吗？"

"啊，我亲爱的，别胡说。"他十分真诚地说，"可是……如果你一定要知道……你明白……我不善于骗人，唉，我本来就想让你知道。事实是，我那天感觉胸口疼、胳膊疼，所以我想最好是赶紧去柏林看医生。那个医生当时就让我住了院……严重吗？……我希望不严重。我们讨论了冠状动脉、血液供应、主动脉窦[1]等问题，总的看来他是个博学的老家伙。我要去伦敦看另一个医生，听听第二个人的意见，尽管我今天感觉身体好极了……"

我想塞巴斯蒂安已经知道自己得的是什么病了。他的母亲就死于同样的疾病，是一种罕见的心绞痛，有的医生叫做"勒曼氏症"。然而从表面上看，他在第一次发作之后至少间隔了一年，尽管在此期间他不时感到左胳膊有奇怪的刺痛，仿佛里面痒痒的。

他又坐下来工作了，整个秋天、冬天、春天都在不停地工作。事实证明，他创作《成功》比创作第一部小说更艰难，花费的时间更长，尽管两本书的篇幅差不多。我有幸了解到了塞巴斯蒂安写完《成功》那天的情景。这得益于我后来遇见的一个人——说实在的，我在这章里讲的许多印象，都是在我用塞巴斯蒂安另一朋友的话印证普拉特小姐的话之后形成的，尽管引发这一切的火花来自我在伦敦大街上对步履沉重的克莱尔·毕晓普的瞬间印象，这真有点神秘莫测。

门开了。可以看见塞巴斯蒂安·奈特四肢摊开平躺在书房的地板上。克莱尔正把书桌上已打好字的纸页捆成整齐的一

---

1 原文为 sinuses of Salva，疑为 sinuses of Valsalva 之误。

捆。走进屋的那个人突然停了下来。

"没事的，莱斯莉，"塞巴斯蒂安躺在地板上说，"我没死。我已经建成了一个世界，今天是我的安息日 [1]，我在休息。"

1　Sabbath，《圣经·创世记》中记载，上帝用六天时间创造了天地万物，第七天休息，因此将休息日称为"安息日"。

一〇

　　后来，塞巴斯蒂安取得了第一次真正的成功，这促使另一家出版社（布朗森）出版了《棱镜的斜面》的全新版本。只是在这时，这部小说才因其真正的价值受到赞赏，然而即便如此，也不如《成功》或《丢失的财物》销售得那么好。对于处女作来说，它显示了极大的艺术意志力和文学自控力。塞巴斯蒂安·奈特使用戏谑性模仿[1]的手法作为一种跳板，以便跳进严肃情感的最高境界，这是他常用的方法。J. L. 科尔曼把这种手法叫做"小丑长出翅膀、天使模仿翻头鸽"，在我看来，这个比喻非常贴切。《棱镜的斜面》对文学行当的某些技巧进行了巧妙的戏谑性模仿，在此基础上，这部作品的销量一路飙升。塞巴斯蒂安·奈特一直以一种近似狂热的仇恨搜寻那些曾一度光鲜、现已陈旧不堪的事物，也就是那些混杂在鲜活事物中的已死去的事物；这些已死去的事物假装有生命，一再被粉饰，继续被那些懒于思考、不解其诈的人们平静地接受。大概陈腐的观念本身并没有什么过错，而且我们可以争辩说，如果这个或那个完全陈旧的题材或风格仍然能取悦读者、让读者开心的话，继续利用它并没有多大罪过。可是在塞巴斯蒂安·奈特看来，最微不足道的小事，例如借用侦探小说的技法，都会成为肿胀恶臭的死尸。他根本看不上"廉价的恐怖小说",因为他不关心普通的教益;让他恼火的总是二流小说,而不是三流或N流的小说,因为在二流小说里,那种"假装"在可读性强的阶段就开始了;从艺术的意义上讲,这是不道德的。可是《棱镜的斜面》并非仅仅对一个侦探故事的背景进行了嬉闹的戏谑性模仿,还俏皮地模仿了许多其他事物:例如,塞巴斯蒂安·奈特凭着他对隐秘的腐败的奇异感觉注意到现代小说里有某种文学习惯,具体地说,就是把各色人等组合在一个有限的空间里(一个旅馆、一座孤岛、一条街道)的流行技法。在这本小说的进程中,作者还讽刺了多种不同的文风,讽刺了把直接引语与叙述和描述相混合的问题,文雅的作家解决这个问题的办法通常是,在字典里找尽可能多的词来表达"他说过"的意思,很可能用上了从"acceded"[2]到"yelped"[3]之间所有的词。可是,我再说一遍,所有这些不明显的玩笑只不过是作者的跳板而已。

　　十二个人住在一个提供膳宿的小旅馆里;作者对这所房子描述得十分细致,但为了强调"孤岛"的信息,对小镇的其他情况则轻描淡写,只是把小镇作为大自然的薄雾和房地产经纪人的噩梦相混合的次要载体,以及舞台道具和房地产经纪人的

1　parody,指模仿别的作家或作品的特点,以达到幽默或讽刺目的的写作手法,简称"戏仿",又称"滑稽模仿"

2　英语,同意过。

3　英语,大喊过。

噩梦相混合的主要载体。正如作者（间接）指出的，在某种程度上，这种方法与一种电影手法有关系，那种手法展现女主人公在学校住宿的艰苦岁月里与那些相貌平平、比较讲求实际的学友们截然不同。膳宿旅馆的十二个房客里有一个叫 G. 埃比森的，是艺术品经销商，有人发现他死在房间里，是被杀害的。当地的警官（作者只描述了他的靴子）给伦敦的一位侦探打电话，请他马上过来。侦探迟迟未到，因为他接连遇到了倒霉事（他的小汽车轧着一个老太太，后来他又乘错了火车）。在这期间，警方仔细审查了膳宿旅馆里所有的房客，还加上一个偶然过路的人，老诺斯别格[1]，发现血案时他正好在旅馆大厅里。诺斯别格是个温和的老先生，留着白胡子，靠嘴边的胡子颜色发黄，他热衷于收集鼻烟壶，这种嗜好于人无害。除了他以外，所有的人或多或少都有嫌疑；其中一个显得不诚实的美术系学生似乎特别可疑：警察在他的床底下发现了六条沾有血迹的手帕。顺便说一句，人们可能会注意到，作者为了简化事件并使其"紧凑"，没有提及任何仆人或旅馆雇员，也没有人关心他们为何不存在。然后，故事里的某种因素开始快速地、悄无声息地发生变化（必须记住，侦探还在半路上，G. 埃比森的僵硬尸体还留在地毯上）。情况渐渐明晰起来，原来所有的房客之间都有不同程度的关系。住三号房的老夫人竟然是住

1　Nosebag，是由上文"G. 埃比森"（G. Gbeson）的字母顺序倒过来组成的姓氏。

十一号房的小提琴手的母亲。住在前面卧室的小说家实际上是住三楼后间的少妇的丈夫。那个可疑的美术系学生正是少妇的弟弟。那个对大家都那么彬彬有礼的庄重的圆脸男人，恰好是暴躁的老上校的管家。老上校看来是小提琴手的父亲。这个逐渐解密的过程继续进行，变得越来越温馨：美术系学生和住五号房的小胖女人已经订了婚，而小胖女人则是老夫人与前夫所生的女儿。住六号房的草地网球业余赛冠军竟然是小提琴手的弟弟，小说家是他们两人的叔叔。住三号房的老夫人是暴躁的老上校的妻子。当这些情况都弄清楚时，所有房门上的号码都被悄悄地抹掉了，膳宿旅馆母题就被乡村宅邸母题及其一切自然涵义轻而易举地取代了。故事讲到这里开始呈现出一种奇异的美。先前被表现得颇具喜剧性的时间概念（侦探迷了路……夜间被困在某个地方），现在似乎蜷起身子睡了大觉。现在众多人物的生命闪射出光彩，具有了真正的人性意义，而 G. 埃比森的被封住的房门不过是被遗忘的杂物间的房门。一个新的情节、一个与小说开头没有任何联系的戏剧，似乎就这样突然被推回梦境里，它似乎挣扎着要生存并闯入光亮之中。可是正当读者在愉快的现实的氛围中感到安全时，正当作者文笔的优雅和光彩特质似乎暗示着某种高尚和丰富多彩的意向时，突然响起了怪异的敲门声，侦探上场了。我们又一次陷入了戏谑性模仿的泥潭。那侦探是个看着不大可靠的家伙，说话时总吞掉词首的 h 音，作者这样描写似乎是想让故事显得新奇；因为它所戏谑模仿的不是夏洛克·福尔摩斯的流行模式，而是由夏洛克·福尔摩斯的流行模式引发的现代人的反应。那些房客重新受到审查。人们又对新的线索进行猜测。温和的老诺斯别格在周围闲逛，他心不在焉，对谁都没有恶意。他解释说，他刚才路过这里，顺便进来看看有没有空的客房。作者似乎马上就要使用陈旧的噱头来证明，看起来无辜的人原来是最主要的坏人。侦探突然对鼻烟壶有了兴趣。"啊啰，"他说，"阿特身体袄吗？"[1]突然间，一个警察步履沉重地走了进来，面孔绯红，他报告说尸首走了。侦探说："你说'走了'是啥意思？"警察说："走了，长官，屋子空了。"大家哭笑不得，悬念顿生。老诺斯别格平静地说："我想，我能解释。"他慢慢地、小心地摘下胡子、灰白假发、墨镜，露出了 G. 埃比森的面孔。"你们要明白，"埃比森先生带着自谦的微笑说，"谁都不喜欢被谋杀。"

我已经尽了最大的努力来说明这本书的运作方法，至少是部分运作方法。只有直接阅读这本书才能欣赏到它的美、幽默和感染力。可是为了启发那些对这本书中惯用的变形方法感到困惑的人，或那些在发现一本全新的书的过程中仅仅因为找出书中有些东西不符合"好书"的概念而感到厌恶的人，我要指出，你一旦明白《棱镜的斜面》里的主人公们是可以被宽泛地

1　因侦探说话常吞掉词首的 h 音，所以把"哈啰"说成了"啊啰"，把"哈特"说成"阿特"，把"身体好吗"说成了"身体袄吗"。

称为"创作方法"的那种主人公，你就可以尽情地欣赏这本书了。这就好比一个画家说：注意，我在这里给你们看的不只是一幅风景画，而是一幅表现如何用几种不同的方法描绘同一处风景的画；我相信，把这些不同的方法和谐地结合起来，就会展现出我想让你们看见的那处风景。塞巴斯蒂安在他的第一部书里进行了这种试验，并得出了符合逻辑的满意的结论。他用"归谬法"[1]来检验这种或那种文学方法，然后逐个排除，最后推断出自己的方法，并在创作下一部书《成功》时充分利用。他似乎上了一个层次，上了一级台阶，因为如果说他的第一部小说是以文学创作方法为基础的，那么这第二部小说则主要表现人类命运的运行方法。塞巴斯蒂安·奈特占有了大量的资料（他有一个基本设想，相信作者有能力发现自己想知道的关于他的人物的一切信息，因此他才有可能积累大量的资料；这种能力仅仅受到他选择资料的方式和意图的限制，选择不应是搜罗一堆杂乱无章、毫无价值的细节，而应是进行明确、有条不紊的探寻），他用科学的精确方法对这些资料进行分类、审查和排除，通过这种方法，他用长达三百页的《成功》表现了迄今为止没有一个作家尝试过的一项最复杂的研究。小说告诉我们，一个从事商贸工作的旅行者珀西瓦尔·Q在一生的某个阶段、在某些条件下遇见了一个会使他终生幸福的姑娘——

1　原文为拉丁语 ad absurdum，即 reductio ad absurdum，逻辑学的一种论证方法，通过命题必然导致的结论的荒诞性来证明命题的错误。

一个魔术师的助手。他们两人的相遇很偶然，或者说看起来很偶然：在公共汽车司机罢工那天，他们恰巧都坐上了一个和蔼的陌生人开的小汽车。这成了定律：一件事如果只作为实际发生的事来看是索然无味的，可是如果从一个特殊的角度审视，它就成了产生巨大心理快乐和激情的源泉。作者的任务是弄清楚这条定律是怎样得出来的；他必须调动他的全部艺术魔力，以便发现能让两条生命线接触的具体方式——实际上整本书就是一场对多种因果关系所做的绝妙赌注，或者说是对偶发事件进行的原因学探秘。赌注的投注赔率似乎没有限制。作者对几条明显调查线索的追溯都得到了不同程度的成功。作者往回调查，弄清楚了公共汽车司机罢工为什么偏偏定在那一天，还弄清楚了某个政客对数字"九"的终生偏爱是这事件的根源。这个结果对我们没有什么用，于是我们放弃了这条线索（但作者还是给了我们机会，让我们目睹了在一个聚会上发生的激烈辩论）。另一条虚假的线索是那个陌生人的小汽车。我们努力去弄清他是谁，是什么原因让他在一个特定的瞬间驶过一条特定的街道，可是当我们知道了近十年里他每个工作日都要在同一时间经过这条街去上班后，并没有得到多少启发。因此我们不得不假设：促使那一对男女相遇的多种外部条件，并不是命运对它的两个臣民采取行动的例证，而是一个并非偶然随意的特定整体、一个固定的点；所以我们基于清醒的认识转而研究另一个问题：在所有的人当中，作者为什么偏偏让Q和那个叫安妮的姑娘来到那个特定的地点，还肩并肩地在人行道边上站了片刻？于是我们花了一些时间去追溯那姑娘的命运线，然后又追溯那男子的命运线，把结果进行比较，然后再逐一追溯这两个人的生活。

我们了解到许多奇怪的事情。这两条越离越近、最后汇合在一起的线，实际上并不是构成三角形的那种直线，不会逐渐远离，通向一个未知的底线；它们是波浪状的线，有时离得很远，有时又几乎相碰。换句话说，在这两个人的生命中，至少有两次偶然相逢的机会。每一次，命运似乎都为这样的会面做了最精心的准备；它有时触摸这种可能性，有时触摸那种可能性；它遮蔽各个出口，重新油漆路标；它匍匐在地上收紧网袋，网里有蝴蝶扑棱翅膀；它给最小的细节安排了发生的时间，不让任何事偶然发生。对这些秘密准备工作的披露是非常吸引人的，而且当作者考虑到地方和环境的一切外部特征时，他的观察力似乎十分敏锐。可是每次总有一个小小的失误（一点瑕疵的阴影、一个被人忽略的可能性的被堵塞的漏洞、自由意志的一次变故）破坏了必然论[1]者的兴致；这两条生命再次以不断增长的速度越离越远。于是珀西瓦尔·Q在最后关头由于被一只蜜蜂蜇了嘴唇而没能去参加聚会，而命运已历尽千辛万苦把安妮带到了聚会地点；结果，安妮由于性情使然没能去

---

1 necessitarianism，一种哲学理论，主张一切事物都有其产生和变化的原因，都是按规律发展的必然结果。

Q的兄弟受雇的那个失物招领处，没能得到那份命运精心策划的工作。但是命运的意志太顽强了，绝不因失败而气馁。它最后还是成功了，靠的是诡秘的妙计，其诡秘之处在于：它不动声色就把那对年轻人带到了一起。

关于这本既构思巧妙又让人愉悦的小说，我不打算讲更多的细节了。这是塞巴斯蒂安·奈特的作品中最广为人知的一部，尽管他后来出的三部作品在许多方面都超过了它。正如我对《棱镜的斜面》所做的说明那样，我唯一的目的就是展示《成功》的运作方法，这也许有损于这部作品本身给人留下的美好印象（除了它的诡秘妙计之外）。我再补充一点，《成功》里有一段竟与塞巴斯蒂安·奈特在完成这本书最后几章时的内心活动有关，因此我有必要在此引用这一段，以便与一系列评论进行对比，那些评论涉及作者大脑的活动，而没有涉及他的艺术中富于情感的一面。

"威廉［安妮的第一个未婚夫，脾气很怪，有女人气，后来抛弃了她］像往常那样送安妮回家，在漆黑的门廊里搂抱了她。突然间，安妮感觉威廉的脸有些湿。威廉用一只手捂着脸，另一只手去摸手绢。'大雨下在天堂里头，'他说……'代表幸福的洋葱头……可怜的威利[1]不由自主成了垂柳[2]。'他吻了吻安妮的嘴角，然后擤着鼻涕，发出轻微的破擦声。'成

1　Willy，威廉的昵称。

2　willow，常被看做是悲伤的象征。

年男人是不哭的，'安妮说。'可我不是成年人，'威廉呜咽着说，'那月亮很幼稚，那潮湿的人行道很幼稚，爱神是个吸吮蜂蜜的婴儿……''别说了，'安妮说，'你知道吗，我就讨厌你这样没完没了地唠叨。太傻了，太……''太像垂柳了。'威廉叹息着说。他又吻了她；他们两个人站着，活像一尊柔软的轮廓朦胧的双头黑雕像。一个警察用链子牵着"黑夜"从他们身边走过，然后停下来让它嗅邮筒。'我像你一样幸福，'安妮说，'可是我一点儿都不想哭，也不想胡说。''可是你难道不明白，'威廉小声说，'你难道不明白，幸福充其量不过是个表演自己必定死亡的小丑吗？'安妮说：'晚安。'她走开时，威廉冲着她喊：'明天八点。'他轻轻地拍了拍房门，然后沿着街道溜达着走了。他想，安妮很温暖，也很漂亮，我爱她，这都没有用，没有用，因为我们会逐渐死去。我受不了我们慢慢滑回过去的感觉。刚才的亲吻已经消逝，《白衣女人》[他们那天晚上刚看过的电影]彻底消逝了，刚才过路的警察也消逝了，就连那房门也完全消逝了。前一刻的想法到了这会儿已经消逝了。科茨（医生）说得很对，他说我的心脏太小，与我的个子不相称。一阵叹息。他自言自语地继续漫步，他的影子有时拉得很长，像个长鼻子，而当影子悄悄地缩回去绕着一根电灯杆时，又像是在行屈膝礼。威廉到达凄凉的住处时，花了很长时间爬上阴暗的楼梯。上床睡觉之前，他敲了敲魔术师的房门，发现那男人穿内衣站着，在察看一条黑裤子。'怎么啦？'威廉说……'他们不喜欢我的口音,'魔术师回答,'可是我猜,我还是会得到那个表演机会的。'威廉在床边坐下说:'你应该染染头发。''我的头秃得没有多少白发了。'魔术师说。'我有时候想,'威廉说,'我们身上掉下来的东西不知到哪儿去了——因为它们总得有个去处,你知道吗——掉的头发呀,剪下的指甲呀……''你又喝酒了吧?'魔术师说,语气中并没有多少好奇的成分。魔术师细心地叠好裤子,他叫威廉离开床,以便把裤子放到床垫下面。威廉坐到一把椅子上,魔术师继续干他的事;他的小腿肚上汗毛竖立,他的嘴唇嘬着,他的手轻柔地移动。'我只是感觉幸福。'威廉说。'你看着不像。'严肃的老人说。'我可以给你买一只兔子吗?'威廉问。'必要的时候我会租一只。'魔术师回答,'必要'两字拖得很长,好像那是一根长长的丝带。'荒唐可笑的职业,'威廉说,'发了疯的扒手,口中还念念有词。乞丐帽子里的硬币和你的高帽里的蛋饼。出奇地相同。''我们已经习惯了别人的侮辱。'魔术师说。他冷静地熄了灯,威廉摸索着走出屋子。在威廉的房间里,床上的书似乎不情愿给他挪地方。他脱衣服时想象着穿上洗干净的、被阳光晒过的衣服时那种久违的快乐,想象着蓝色的水和发红的手腕。他能求安妮给他洗衬衫吗?他真的又惹恼她了吗?安妮真的相信他们两人总有一天会结婚吗?她那双无邪的眼睛下方的光亮皮肤上那些浅色小雀斑。她那有点突出的右前牙。她那柔软而温暖的脖子。威廉再一次感觉眼泪要夺眶而出。安妮会不会像梅、朱迪、朱丽叶、奥古斯塔以及他的其他'爱情余烬'那样，走同一条路呢？威廉听见隔壁屋里的舞女锁上了房门，洗洗涮涮，碰倒一个罐子，伤感地清嗓子。什么东西当啷一声掉在地上。魔术师开始打呼噜。"

我正在很快地接近塞巴斯蒂安感情生活的关键时刻。我想了想我仍面临的任务，当我根据它来考察已完成的工作时，深感忐忑不安。到目前为止，我对塞巴斯蒂安生活的描述公正吗？是否像我先前所希望做到的那样？是否像我现在描述他最后阶段生活时所希望做到的那样？使用外语惯用语的困难和文学创作经验的缺乏，都不会让人感到过分自信。可是尽管我在写前几章的过程中可能犯过错误，我还是决心写下去，支持我的是一种隐秘的认识：塞巴斯蒂安的幽灵正用某种循循善诱的方式努力给我提供帮助。

再有，我现在已得不到那么多精神上的帮助了。诗人P. G. 谢尔登在一九二七至一九三〇年间曾与克莱尔和塞巴斯蒂安交往甚密。我那次与克莱尔仓促相遇后不久便去拜访了谢尔登，他很和善，愿意把知道的情况都告诉我。两个月之后（当时我已开始写这本书了），又是谢尔登告诉了我克莱尔的死讯。克莱尔看起来是那么正常、那么健康的年轻女人，她怎么会因大出血而死在空空的摇篮旁边呢？谢尔登告诉我，在《成功》证明了它的标题名副其实的时候，她有多么高兴。因为《成功》这次确实成功了。为什么会这样呢？为什么这本优秀的书会失败，而那本同样优秀的书却会得到应有的承认，其原因将永远是个谜。与塞巴斯蒂安的第一本小说的情况一样，塞巴斯蒂安并没有为了让《成功》受到热情的宣传和热烈的赞扬而动一根手指头，也没有拉关系走后门。当一家剪报社开始不断地给他寄来赞扬他的书评样张时，他拒绝订购那些剪报，也绝不感谢那些好心的评论家。在塞巴斯蒂安看来，一个评论家说出自己对一本书的看法不过是履行职责，对这样的人表示感谢是不恰当的，甚至是侮辱，因为评论家做出的评判本来不带任何感情色彩，如果感谢他，就意味着对他那冷若冰霜的平静态度报以温暖的感情。再说，塞巴斯蒂安一旦开始感谢某个评论家，就不得不对其以后的每一行评论文字感谢来感谢去，唯恐突然停止感谢会伤害人家；最后，这种潮湿眩晕的温暖会发展下去，因此，无论这位或那位评论家多么以讲实话著称，心存感激的作家可能永远无法确知评论的字里行间是否悄悄掺杂了个人的同情。

在我们的时代，名望太平常了，不能与始终环绕着一本值得称赞的书的光环混为一谈。可是不管是什么样的名望，克莱尔都愿意享受它。她想见一见那些想见塞巴斯蒂安的人，而塞巴斯蒂安却绝对不想见他们。她想听听陌生人谈论《成功》，可是塞巴斯蒂安却说对那本书已经不感兴趣了。她想让塞巴斯蒂安参加一个文学俱乐部，与其他作家交往。有一两次，塞巴斯蒂安穿上浆洗过的衬衫去了，在专门为他安排的正餐会上连一句话都没说，回来就把衬衫脱了。他感觉很不自在。他睡不着觉。他一阵阵地发脾气——对克莱尔来说这可是个新添的毛病。一天下午，塞巴斯蒂安在书房里写《有趣的山》，试图在"神经痛"的黑暗岩石之间走一条滑溜溜的陡峭小路，这时克莱尔进来了，她用最柔和的声音问他是否愿意会见一位访客。

"不见。"他说，一面对着刚写下的字龇牙咧嘴。

"可是，你叫他五点来的，而且……"

"你把事搞糟了……"塞巴斯蒂安喊道，并把自来水笔甩向受到惊扰的白墙，"你就不能让我安安静静地干活吗？"他喊道，声音越来越大，就连刚才一直在隔壁房间和克莱尔下棋的 P. G. 谢尔登都站了起来，关上了通向大厅的门。大厅里，一个谦恭的小个子男人正在等候。

有的时候，塞巴斯蒂安会有一种疯狂嬉闹的心绪。一天下午，他和克莱尔以及几个朋友在一起，他发明了一个绝妙的捉弄人的把戏，准备和一个他们将在正餐后会见的朋友开玩笑。奇怪的是，谢尔登忘记了那个计谋具体是什么了。塞巴斯蒂安哈哈大笑，转过身去，两个拳头一起敲，他由衷地感到高兴的时候总会那样。他们就要出发了，大家都迫不及待，而且克莱尔事先已用电话订了一辆出租车，她的新银丝鞋闪闪发光，她已找到了她的手包，可是突然间，塞巴斯蒂安似乎对这些失去了兴趣。他看上去很厌烦，几乎没张嘴就打了个哈欠，一副很恼火的样子，他当即说要出去遛狗，然后上床睡觉。在那些日子里，他有一条黑色的小斗牛狸；最后那狗病了，不得不被消灭掉。

　　《有趣的山》写完了，然后是《穿黑衣的白化病患者》，然后是他的第三篇、也是最后一篇短篇小说《月亮的背面》。你还记得《月亮的背面》里那个令人快乐的人物吧——那个等火车的谦恭的小个子男人，他用三种不同的方式帮助了三个可怜的旅行者。这位西勒先生大概是塞巴斯蒂安笔下的众多人物中最鲜活的一个，而且也恰好是他的"研究主题"的最后一个代表人物，这个主题我在评介《棱镜的斜面》和《成功》时已谈过了。在那两本书里逐渐发展起来的某种思想，似乎突然间成了真正存在的具体东西，因此西勒先生鞠躬的每个细节都符合习俗和礼仪的规范，引人注目，独具特色——他那浓密的眉毛和较稀疏的胡子，他那柔软的衣领和"像帷幕后的偷听者的凸出身形那样移动"的喉结，他那双棕色的眼睛，他那显露出酒红色静脉的肥硕鼻子，"其形状让人怀疑他是不是把自己的肉瘤丢在了什么地方"；他的黑色小领结和旧雨伞（"一只悲痛服丧的鸭子"）；他鼻孔里浓密的黑鼻毛；他摘帽子时光鲜而完美的动作给人带来的美好惊喜。可是塞巴斯蒂安的作品越好，他自己的感觉却越坏——特别是在创作两部作品的间歇里。谢尔登认为，塞巴斯蒂安几年之后才写的最后一本书（《可疑的常春花》）中所反映的世界，早在那个时候已经把阴影投射到他周围的一切事物上了，他的长篇小说和短篇小说不过是光亮的假面具，是狡猾的诱惑物，借艺术探险之名引领他准确无误地达到某个近期的目标。他可能仍像以往那样喜欢克莱尔，但是人必有一死的强烈感觉开始困扰他，使他与克莱尔的关系看起来比实际上还要脆弱。至于克莱尔，她出于好心和天真，不经意间已在塞巴斯蒂安生活中某个阳光照耀的宜人角落里消磨时光，而塞巴斯蒂安则从未在那里停留；现在她被甩在了后面，不知道是应该努力追上他呢，还是试图叫他回来。塞巴斯蒂安一直让她快乐地忙碌，让她替他打理文学事务，帮他把生活安排得井然有序；她肯定感觉到什么地方出了问题，感觉到自己与塞巴斯蒂安那具有想象力的生命失去接触是危险的，但她很可能主观地认为这只是一时的不安情绪，认为"一切都会慢慢回归常态的"，并以此来安慰自己。我自然不能触及他们关系的私密的一面，首先是因为讨论一件谁都不能断言的事是很可笑的。第二是因为"性"（sex）一词的发音，包括粗俗的嘶嘶声和"ks、ks"的嘘声，在我看来是那么荒唐，我不禁怀疑这个词是否真的代表什么概念。说实在的，我相信我们在处理人性问题时，给予"性"一种特殊的情境，让"性的概念"流传（如果这种东西存在的话），并用它"解释"其他的一切，是一个严重的推理错误。"一朵浪花的激荡不能解释整个大海，包括从海上明月到海蛇在内的整个大海；但是岩石白里的积水与通往中国的波光粼粼的航路同样都是水。"（见《月亮的背面》）

"肉体的爱不过是表达同一件事物的另一种方式，而不是一种由'性管'[1]奏出的特殊音符，你一旦听到那种音符，它就会回响在你灵魂的所有其他区间。"（见《丢失的财物》第八十二页）"一切事物同属于天地万物的秩序，因为这就是人类感知方式的一致性；是个性的一致性；是物质的一致性，无论物质可能是什么。唯一真正的数字是'一'，其他数字无非是'一'的重复。"（见《丢失的财物》第八十三页）即便我从某个可靠的来源得知克莱尔不大符合塞巴斯蒂安做爱的标准，我也不想把塞巴斯蒂安经常发生的焦虑和紧张归咎于他对性生活的不满意。可是由于他经常对什么事都不满意，他也可能不满意这段浪漫爱情的色彩。请注意，我用"不满意"这个词是广义的，因为塞巴斯蒂安在生活中的那个阶段情绪很复杂，比Weltschmerz[2]或者说忧郁情绪要复杂得多。这一点我们只能通过他的最后一部作品《可疑的常春花》来理解。在那个时候，《可疑的常春花》还只是远方的浓雾。它很快就要变成海岸的轮廓线了。一九二九年，一位有名的心脏科专家奥茨医生劝塞巴斯蒂安去阿尔萨斯大区的布劳贝格住上一个月，那里有一种疗法证明很有效，已治好了几个与他情况相似的病人。当时似乎有个默契，塞巴斯蒂安将独自去那里。动身之前，塞巴斯蒂

---

1 Sexophone，作者模仿英语 saxophone 杜撰的词。Saxophone 意为"萨克斯管"，为乐器名称，而 sexophone 则用 sex（性）为字头，戏称"性管"。

2 德语，悲观厌世。

安和普拉特小姐、谢尔登、克莱尔一起在他的公寓里喝茶，他很快活，很善谈，还取笑克莱尔，说她帮他收拾行李时，不顾他爱挑剔，竟当着他的面把自己皱皱巴巴的手绢掉在他的衣物里。然后他猛地抓住谢尔登的袖口（他自己从来不戴手表），眯着眼睛看了看时间，突然往外跑，尽管离开车还有大约一个小时。克莱尔并没表示要送他去车站——她知道他不喜欢那样。塞巴斯蒂安吻了她的额头，谢尔登帮塞巴斯蒂安把旅行包提了出去（我刚才说了吗？塞巴斯蒂安一般不雇用仆人，除了一个心不在焉的女清洁工和一个附近饭店送饭的侍者以外）。他走后，那三个人默默地坐了一会儿。

突然间，克莱尔放下茶壶说："我想，那块手绢想和他一起去，我非常能领会那个暗示。"

"你别傻了。"谢尔登先生说。

"为什么不行？"

"如果你的意思是说，你也想去赶那趟火车，"普拉特小姐说……

"为什么不行？"克莱尔又说一遍，"我还有四十分钟，可以赶上那趟火车。我现在就跑回住处，带上一两件东西，跳上出租车……"

她确实这样做了。在维多利亚车站发生了什么我们不得而知，但是一个多小时以后，她给已回到家的谢尔登打了电话，苦笑着告诉他塞巴斯蒂安甚至不愿意让她待在站台上等火车开走。不知怎的，我的脑海里出现了一个非常清晰的幻象：克莱尔到了车站，带着手提包，就要张开嘴幽默地一笑，她那双蒙眬的眼睛费力地盯着车窗搜寻塞巴斯蒂安，最后找到了，或许是塞巴斯蒂安先看见了她……"你好，我来了。"克莱尔一定是很快活地说，也许有点过于快活……

几天之后，塞巴斯蒂安给克莱尔来了信，告诉她布劳贝格非常宜人，自己的身体特别好。然后就没有音信了，只是在克莱尔给他发了一封表示担忧的电报以后，他才寄来一张明信片，说他要缩短在布劳贝格的日程，要去巴黎住一个星期，然后回家。

就是在那个周末，塞巴斯蒂安给我打来电话，我们两人一起到一家俄国饭店去吃饭。我从一九二四年就没再见过他，现在已经是一九二九年了。他看上去很疲惫，像是有病，由于他面色苍白，给人的印象是没刮胡子，尽管他刚去过理发店。他的脖子后面长了一个疖子，上面贴着粉红色的护创胶布。

他问了我几个问题，了解了我的情况，然后我们两人都觉得继续谈话很不自在。我问他我上次见过的、和他在一起的那个姑娘怎么样了。"哪个姑娘？"他问，"哦，克莱尔呀。是啊，她挺好的。我们就算结婚了吧。"

"你显得有点病态。"我说。

"就是有病我也不在乎。你愿意吃'pelmenies'[1]吗？"

1　拉丁字母转写的俄语，饺子，类似中国的饺子，多为肉馅或肉与土豆混合馅，吃的时候要浇上酸奶、奶酪等。

"真想不到你还记得那东西的滋味。"我说。

"我为什么不应该记得呢？"他冷淡地说。

我们吃着饭，有几分钟没说话。然后我们喝咖啡。

"刚才你说那个地方叫什么名字来着？布劳贝格？"

"是啊，布劳贝格。"

"那儿好吗？"

"这要看你认为什么叫好。"他说，他下巴的肌肉动了动，咬了一下牙，把要打的哈欠憋了回去。"对不起，"他说，"我希望在火车上能睡点觉。"

他突然抓我的手腕。

"八点半。"我回答。

"我得打个电话。"他咕哝着说，并迈开大步穿过饭店的店堂，手里还拿着餐巾。五分钟后，他回来了，上衣口袋露出一半餐巾。我把它揪了出来。

"你看，"他说，"非常抱歉，我得走啦。我忘了还有个约会。"

"我总感到沮丧，"塞巴斯蒂安·奈特在《丢失的财物》中写道，"人们在饭店里从来不注意那些给他们端饭、存大衣、推门的活跃的神秘人物。几个星期前，我曾提醒一位刚和我一起吃过午饭的商人说，刚才那个递给我们帽子的女人耳朵里塞着棉花。他显得很困惑，并说他根本就没注意到那里有女人……在我看来，因为忙着赶路而注意不到出租车司机有兔唇的人，是个偏执狂。当我想到一群人里只有我一人关注那个卖巧克力糖的女孩的轻微的、非常轻微的跛足的时候，我常感觉自己就像坐在许多盲人和疯子中间。"

就在我们离开饭店走向出租车车站的时候，一个眼睛昏花的老人舔了舔大拇指，递给塞巴斯蒂安，或者我，或者我们两人，一张他在散发的广告。我们两人都没有接，都直视前方；我们是面色阴郁的梦想者，无视他的赠予。塞巴斯蒂安对一辆出租车打手势时，我对他说："那就再见吧。"

"哪天到伦敦来看我吧。"他说，并向后扫了一眼。"等一等，"他又说，"这不行。我伤害了一个乞丐的感情……"他离开了我，很快又回来了，手里拿着一张小纸片。他仔细地读了上面的内容后才把它扔掉。

"你想搭一段车吗？"他问。

我感觉他恨不得快点甩掉我。

"不用了，谢谢。"我说。我没听清楚他对司机说的地址，可是我记得他叫司机开快点。

当他回到伦敦时……不，这段故事的线索断了，我又得求别的人把线索接上。

克莱尔马上注意到有什么事发生了吗？她马上猜疑发生的是什么事了吗？我们要不要猜想一下她都问了塞巴斯蒂安什么，塞巴斯蒂安是如何回答的，她又说了些什么？我想不必了……谢尔登在塞巴斯蒂安回来后不久就见到了他们两人，发现塞巴斯蒂安显得很怪。可是他以前也显得很怪呀……

"我很快就开始担心了。"谢尔登说。他单独约见了克莱尔，问她是否认为塞巴斯蒂安还正常。"塞巴斯蒂安？"克莱尔说，脸上慢慢显现出可怕的微笑，"塞巴斯蒂安疯了，疯得厉害。"她睁大浅色的眼睛重复道。

"他不跟我说话了。"她又小声说了一句。

然后谢尔登约见了塞巴斯蒂安，问他有什么事不对头。

"这跟你有关系吗？"塞巴斯蒂安厌恶而又冷静地问。

"我喜欢克莱尔，"谢尔登说，"所以想知道她为什么整天像丢了魂似的。"（她每天都去塞巴斯蒂安那里，坐在她过去从来不坐的角落里。她有时给塞巴斯蒂安带去糖果或者一条领带。糖果还放在那里没动，领带还半死不活地挂在椅背上。她就像幽灵一样穿过塞巴斯蒂安的身体。然后她会默默地消失，就像来的时候那样悄无声息。）

"唔，"谢尔登说，"伙计，你说吧，你都对她干了什么？"

一二

谢尔登从塞巴斯蒂安那里什么都没问出来。他所了解到的那点情况是听克莱尔本人说的，没有多少价值。塞巴斯蒂安回伦敦后，一直收到俄文信件，是他在布劳贝格时遇见的一个女人寄来的。她曾住在他下榻的那个旅馆。其他情况就不得而知了。

六个星期之后（在一九二九年九月）塞巴斯蒂安又离开了英格兰，直到第二年一月才回来。谁都不知道他去了哪儿。谢尔登猜他可能去了意大利，"因为恋人们通常去那里。"他并没有坚持自己的猜想。

塞巴斯蒂安是否对克莱尔做过最后的解释，他走时是否给克莱尔留下了信，这都不清楚。克莱尔走了，就像来的时候那样无声无息。她换了住处，因为原来的住处离塞巴斯蒂安的公寓太近了。十一月里一个阴郁的日子，普拉特小姐从一个人寿保险营业厅出来往家走，在大雾迷漫的路上碰见了克莱尔。从那以后，这两个姑娘时常相聚，可是很少提塞巴斯蒂安的名字。五年之后，克莱尔结婚了。

塞巴斯蒂安从那时就开始写《丢失的财物》了。这本书似乎是他的文学发现旅程中的一种暂停：做一下总结，数一数人生道路上丢失的东西和失去的人，确定一下方位；无鞍套的群马在黑暗中吃草发出的咀嚼声；一堆营火的闪光；抬头可见的星星。这本书里有很短的一章描写一次空难（只有一个乘客幸存，飞行员和其他所有乘客都遇难了）；幸存者是一个上了年纪的英国人，在离事故现场较远的地方被一个农夫发现了，当时他坐在一块石头上。他蜷起身子坐在那里——简直就是一幅悲惨痛苦的画面。"你伤得重吗？"农夫问。"不重，"英国人回答，"就是牙疼。一路上牙都疼。"他们在农田里找到了六封散落的信，都是航空邮件袋的残存物。其中有两封是非常重要的公务信件；第三封信从地址上看是写给一个女人的，可是开头却写着："亲爱的莫蒂默先生：现回答您关于第六批……"说的是下订单的事；第四封是生日祝贺信；第五封是一个间谍的信，在犹如乱草的闲话里藏有冷酷的秘密信息；最后一封的信封上写的是给一家商贸公司的，但信纸装错了，是一封情书。"我可怜的爱人，这封信会让你痛苦。我们的野餐结束了，黑暗的道路坑洼不平，汽车里最小的孩子要呕吐了。一个讨厌的傻瓜会告诉你：你必须勇敢。可是，我能对你说的表示支持或安慰的话，肯定都会像奶油布丁一样——你明白我的意思吧。你一向明白我的意思。有你在身边，生活是可爱的——我说可爱，指的是鸽子和百合花，还有天鹅绒，以及中间那个柔软的粉红色字母'v'，和你的舌头卷起来发出的拉长的'l'音。我们在一起的生活是富有诗意的，当我想到所有的小事因为我们不能再分享而将要死去的时候，我觉得我们仿佛也死了。也许我们是死了。你明白吗，我们的幸福越大，它的边缘就越模糊，它的轮廓似乎在融化，现在已经完全消解了。我并没有停止爱你；但是我心中有什么东西已经死了，我在雾中看不见你……这些都是诗歌。我在对你撒谎。我缺乏勇气。一个诗人绕着弯子说话，没有什么比这更怯懦了。我想你已经猜到是怎么回事了：该死的老一套——出了'另一个女人'。我跟她在一起非常不快活——这可是句真话。我想关于这件事的另一面我没有更多的话要说了。

"我情不自禁地觉得，爱情有本质上的错误之处。朋友之间可以吵架或者逐渐疏远，近亲之间也可以这样，可是没有这种痛苦、这种感染力、这种与爱情紧紧相连的濒死状态。友谊从来没有那种垂死的样子。哎，这是怎么回事？我并没有停止爱你，可是因为我不能继续亲吻你那朦胧亲爱的脸，所以我们必须分开，我们必须分开。为什么这样？这种神秘的排他性是怎么回事？你可以有一千个朋友，但只有一个爱侣。成群的妻妾跟这事毫不相干：我说的是舞蹈，而不是体操。或者，你能想象一个高大的土耳其人像我爱你这样爱他四百个妻子中的每个人吗？因为如果我说'二'，我就已经开始计数了，那就会没完没了。世上只有一个真正的数字，那就是'一'。很明显，爱情是这一奇特性的倡导者。

"再见了，我可怜的爱人。我永远不会忘记你，也永远不会让别人取代你在我心中的位置。如果我试图让你相信，你才是纯真的爱人，而我对那个女人的激情只不过是肉体的喜剧，那我就太荒唐了。一切都是肉体，一切都是纯真的。可是有一点是肯定的：我和你在一起很幸福，现在我和另一个人在一起很伤心。生活仍将这样继续下去。我将和办公室里的小伙子们开玩笑，享用我的大餐（直到我消化不良为止），阅读小说，写诗歌，留心股票的行情——总的来说，我将按照我一贯的行为方式去做事。可是那并不意味着没有你我会幸福……每一件会让我想起你的小事——你对屋子里（你曾在那里拍打过靠垫，跟拨炉火的人说过话）的家具表示不满的眼神，我们一起看见过的每一件小事——对我来说将永远像半个贝壳、半个一便士硬币，它们的另一半由你保存着。再见吧。你走吧，走吧。不要写信。跟查理或者别的叼着烟斗的好男人结婚。现在把我忘掉，可是以后你要记住我，在你忘掉我们恋情的这段苦涩部分之后。这信纸上的污渍不是眼泪造成的。我的自来水笔坏了，我用的是这个肮脏旅馆里的一支肮脏的笔。天实在太热了，我还没做成我应该'令人满意地结束'（莫蒂默那家伙常这样说）的那桩生意。我想你那里有我写的一两本书——可是那并不很重要。请你不要写信了。L[1]"

　　如果我们从这封虚构的信里把所有关于那位假设作者的私

1　写信人的签名，只写了名字的第一个字母。

生活信息都抽取出来，我相信其中有很多是塞巴斯蒂安所感受到的，或甚至是写过的，写给克莱尔的。他有一个奇怪的习惯，总爱给他笔下的人物，甚至是最怪异的人物，加上他本人有过的这种那种思想或印象或愿望。他的主人公的信很可能是一种密码，他用这种密码表达了他与克莱尔关系中的一些真实情况。可是我说不出来除他之外还有哪个作家在展现自己的艺术时用过如此令人困惑的方式——在我看来是令人困惑的，因为我很想看一看藏在作者背后的那个真实的人。在虚构的人物个性的闪光中，很难看清真实个性的光亮。可是更难理解的是这样一个令人惊讶的事实：一个作家在写出自己真实创作感受的同时，竟能利用那些使他内心痛苦的东西，创造出一个虚构的、有些荒唐的人物形象。

塞巴斯蒂安在一九三〇年初回到伦敦，心脏病严重发作后就躺倒了。不知怎么回事，他还能继续创作《丢失的财物》，我想这要算他最容易写的一本书了。当时只有克莱尔一个人负责处理他的文学事务，我们应该把这一点与后来发生的事联系起来理解。克莱尔走了以后，这些事务很快便乱成一团。在很多情况下，塞巴斯蒂安根本不知道事情是如何进展的，不知道自己与这个或那个出版商的具体关系。他是那么糊涂，那么无能，那么健忘和无奈，他想不起人名或地址，想不起东西放在哪里，现在他陷入了最荒谬的困境。奇怪的是，克莱尔在处理塞巴斯蒂安的事务期间，她那少女般的健忘竟被完全清晰稳定的目的性取代了；可是现在一切都失控了。塞巴斯蒂安从来没学过使用打字机，现在神经太紧张又没法学。《有趣的山》在两家美国杂志同时发表了，而塞巴斯蒂安却不知所措，记不清他是怎么把这部小说卖给两拨人的。然后又出了一桩复杂的事，有一个人想把《成功》拍成电影，已给塞巴斯蒂安预付了定金（塞巴斯蒂安却不知道，因为他读信的时候总是心不在焉），要拍一个缩短的"加强"版本，而塞巴斯蒂安从来没想过要拍这样的版本。《棱镜的斜面》又上市了，但塞巴斯蒂安却不知道这回事。他甚至对任何邀请函都不予回复。电话号码成了让他难以把握的东西，他常常要东翻西翻，寻找记有这个或那个电话号码的信封，这让他筋疲力尽，比写一章小说还要累。后来——他的心又开了小差，跟踪着一个不在身边的情人，等着她来电话——电话很快就会来了，否则他本人再也无法忍受这种悬着心的状态；这时就会出现罗伊·卡斯韦尔有一次见到的情景：一个瘦削憔悴的男人，穿着宽上衣和卧室的拖鞋，登上了一节普尔曼车厢[1]。

就是在这个阶段的初期，古德曼先生出现了。塞巴斯蒂安渐渐地把自己的文学事务全都交给了他，并为遇见这样能干的秘书而感到非常松心。古德曼写道："我平时发现他躺在床上，像一只面带怒气的豹子（这在某种程度上让人想起《小红

1　Pullman car，一种舒适的旅客列车车厢，得名于美国发明家普尔曼（G. M. Pullman, 1831—1897）。

帽》里那只戴着睡帽的狼）……"古德曼先生在另一段里接着说："我一生中从来没见过看上去如此沮丧的人……我听说，奈特有意无意模仿的那个法国作家马·普鲁斯特也很喜欢做出某种无精打采的'有趣的'姿态……"他还说，"奈特很瘦，面色苍白，手很敏感，他喜欢像女人卖弄风情那样给人看他的手。有一次他对我承认他早晨洗澡时喜欢往澡盆里倒半瓶法国香水，可是尽管他做了这些，看起来还是打扮得很怪，很不得体……奈特非常自负，跟多数现代派作家一样。有一两次，我碰巧看见他往一个漂亮昂贵的簿子上粘贴剪报，肯定大多数都是关于他的作品的评论。他把这本剪报簿子锁在书桌的抽屉里，也许他感到有些羞耻，不愿意让我的批判目光看到他的人性弱点所产生的结果……他常常出国，一年两次，我敢说他大概是去了 Gay Paree[1]……但是他对此秘而不宣，还故意表现出拜伦式的[2]倦怠。我不禁感到他去欧洲大陆的多次旅行构成了他的艺术项目的一部分……他是个十足的'poseur'[3]。"

古德曼先生开始论述较有深度的事情时，变得非常雄辩。他的想法是展现并解释"艺术家奈特与他周围的繁荣世界之间的致命的分裂"。（显然是一道圆形裂缝。）"奈特不善与人相

1　法语，快乐的巴黎，英国人对法国巴黎的戏称，最初是指十九世纪末、二十世纪初巴黎的享乐主义和浮华生活，但是由于"gay"也有"同性恋"之意，因此这个戏称也指巴黎对同性恋的开放态度。

2　Byronic，指英国诗人拜伦（George Gordon Byron，1788—1824）所特有的性格特点，如浪漫、激情、玩世不恭、爱嘲讽等。

3　法语，会装腔作势的人。

处，这是他失败的原因，"古德曼解释说，并且在打字机上敲出三个圆点 [1]，"冷漠是这个时代最主要的罪孽，因为困惑的人类向作家和思想家紧急求助，要求他们即使不能医治人类的痛苦和创伤也要关注它们……人们不能忍受'象牙塔'了，除非它被改造成灯塔或者广播电台……在这样一个时代……充满亟待解决的问题当……经济萧条……抛弃了……欺骗了……无家可归的人……极权主义的增长……失业……下一次超级战争……家庭生活的新特点……性……宇宙的结构。"正如我们所见，古德曼先生的兴趣还挺广泛。他接着说："请注意，奈特绝对不肯关注当代的问题……有人让他加入这个或那个运动，让他参加某个重要会议，或者只是让他在众多名人已签名的某个揭示重要真理或谴责不公正行为的宣言上补签名字……他都断然拒绝，不顾我多次的劝说，甚至不顾我多次的请求……的确，他在最后的（也是最鲜为人知的）一本书里确实审视了这个世界……可是他选取的角度和他注意到的方面却与严肃的读者对严肃的作者所必然期待的大相径庭……这就好比一个认真调查某大企业的运作和机械装置的人，被别人花言巧语地领着去看窗台上的一只死蜜蜂……我有时会叫他注意这本或那本刚出版的书，我因为它有普遍的或重要的意义而着迷，这时他总是孩子气地回答：那本书是'毫无价值的蠢话'，

1　指英语的省略号。

要不然就是说些完全不着边际的话……他常把'solitude'与
'altitude'和拉丁文的'太阳'混为一谈[1]。他没有认识到那不
过是个阴暗的角落……然而，由于他极度敏感（我记得过去我
抻手指头抻得关节咔嚓作响时——这是我想事时的坏习惯，他
会马上皱起眉头），他不由自主地感觉有什么事出了错……感
觉他正在逐渐斩断与'生活'的联系……感觉他的日光浴室的
开关不起作用了。塞巴斯蒂安起初是个真诚的年轻人，他因自
己易激怒的青春被抛进了粗野的世界而对世界做出了反应，开
始感到痛苦。后来他成了作家，取得了成功，他的痛苦仍在继
续，作为一种时髦的假面具表现出来，现在这种痛苦已经成了
新的丑陋的现实。他佩戴在胸前作为装饰的牌子上，已不见
了'我是孤独的艺术家'的字样；无形的手指头已将它改成了
'我是盲人'。"

如果我对古德曼先生的聪明而肤浅的措辞妄加评论，就会
亵渎读者的理解判断能力。假如塞巴斯蒂安是个盲人，那么他
的秘书无论如何会怀着强烈的欲望扮演起吠叫着拉着他走的导
盲犬角色。罗伊·卡斯韦尔在一九三三年曾为塞巴斯蒂安画过
像，他告诉我，他还记得听塞巴斯蒂安讲过与古德曼先生的关
系，还记得自己曾哈哈大笑。如果古德曼先生没有变得有点过
于雄心勃勃的话，塞巴斯蒂安大概永远不会打起精神甩掉这个

---

1 英语 solitude 意为"孤独"；英语 altitude 意为"高度"；拉丁语的"太
阳"为 sol 或 solis。

自负的人。一九三四年，塞巴斯蒂安从戛纳给罗伊·卡斯韦尔写信，说他偶然发现（他很少重读自己的著作）古德曼更改了"天鹅"版《有趣的山》中的一个修饰语。"我把他解雇了。"塞巴斯蒂安补充道。古德曼先生谨慎地避免谈及这个次要细节。他把多年积累的各种印象都说尽之后，得出结论说，塞巴斯蒂安的真正死因是：他最后认识到自己"在做人方面是失败的，因此在艺术方面也是失败的"。然后，古德曼快乐地提到，他结束秘书工作是因为他转入了别的行业。我将不再提古德曼的书了。那书已经作废了。

可是当我观看罗伊·卡斯韦尔创作的那幅肖像画的时候，似乎看见塞巴斯蒂安的眼睛里有一丝闪光，尽管其眼神流露出悲伤。画家神奇地画出了眼睛的深灰绿色虹膜，给人以潮湿的感觉；眼球周边一圈颜色更深，并且似有金屑装点其间。眼皮较厚，也许有点红肿，发亮的眼球上似乎有一两条血丝。这样画眼睛和脸是为了给人以清水中的倒影的印象，宛如那喀索斯[1]的倒影一般——还有，在面颊较瘦的地方有一个小小的涟漪，那是因为一只水蜘蛛刚刚停在上面并向后漂浮。一片枯叶落在倒影的额头上，额头上有皱纹，就像一个人聚精会神地看东西时皱眉头的样子。额头上凌乱的深褐色头发有一部分被另一个涟漪散开，而太阳穴处的一缕头发在发潮的阳光下发出一

1　Narcissus，希腊神话中的美少年，因拒绝回声女神的求爱而受到惩罚，爱上了自己在泉水中的倒影，最后抑郁而死，死后变成了水仙花。

丝暗光。在两条平直的眉毛之间有一条深沟，另一条深沟则从鼻子延伸到颜色暗淡的、紧闭的嘴唇。画面上只有头部。脖子的部位被猫眼石色的阴影遮掩着，仿佛身体的上半部分在逐渐消失。总的背景是一种神秘的蓝颜色，一个角落里有一个用树枝做的精美的植物攀缘支架。塞巴斯蒂安就是这样端详着水潭中自己的倒影。

"我本来想在他的身后或头顶上方画点什么，暗示有个女人——也许是一个手影，也许是……什么东西……可是后来我想那就成了讲故事，而不是画画了。"

"唉，好像没有一个人知道那个女人。连谢尔登都不知道。"

"她毁了他的生活，这一句话就总结了她起的作用，对不对？"

"这还不够，我想知道得更多。我想知道所有的情况。否则的话，塞巴斯蒂安的形象永远不会完整，就像你的画像那样。啊，你画得非常好，简直像极了，我喜欢那只漂浮在水面的蜘蛛。特别是它的畸形足在水下的影子，可是那张面孔只不过是偶然的倒影。任何人都可能往水里看。"

"可是你不认为他看得特别仔细吗？"

"是啊，我明白你的意思。可是不管怎么样，我必须找到那个女人。她是塞巴斯蒂安发展过程中一个失去的环节，我必须找到她——这是科学研究必不可少的。"

"我拿这张画和你打赌，你找不着她。"罗伊·卡斯韦尔说。

一三

第一件事是要弄清楚那个女人的身份。我怎么开始找呢？我掌握了哪些材料呢？一九二九年六月，塞巴斯蒂安在布劳贝格的博蒙旅馆下榻，就是在那里遇见了她。她是个俄国人。别的线索就没有了。

我和塞巴斯蒂安一样，十分讨厌邮政系统。在我看来，写一封最短的信，再找信封，找到正确的地址，买面值合适的邮票，然后寄信（还要绞尽脑汁去回想自己是否在信上签了名），并不省事，还不如千里迢迢地跑一趟呢。再说，我要处理的是一件微妙的事，靠通信是不可能办成的。一九三六年三月，在英格兰住了一个月以后，我咨询了一家旅行社，然后就出发去布劳贝格了。

我的面前是一片潮湿的农田，上空飘着一缕缕绵长的薄雾，一棵棵直挺的白杨树似乎飘浮在雾中，影影绰绰的。我看着这景象想，塞巴斯蒂安曾经路过这里。一个有许多红瓦房的小镇蹲伏在轮廓柔和的灰色大山脚下。我来到一个凄凉的小车站，那里有看不见的群牛在某辆已转了轨的火车车厢里悲哀地哞哞叫。我把旅行包存放在车站的衣帽间里，走上一个平缓的山坡，朝着坐落在散发潮气的公园后面的一片旅馆和疗养院区域走去。周围没有什么人，现在不是"旅游高峰期"；我突然痛苦地意识到，那个旅馆可能会关闭。

可是它没关闭；到目前为止，运气还是帮我的。

那所房子前面有精心维护的花园，有长出花蕾的栗子树，显得清新宜人。看起来这房子顶多能住大约五十人——这让我精神振奋：我希望我的选择范围有所限制。旅馆的经理是一个头发花白的男人，留着修剪整齐的络腮胡子，有一双天鹅绒般的黑眼睛。我小心谨慎地进行探访。

起先，我说我已故的哥哥塞巴斯蒂安·奈特是著名的英国作家，他来这里住过，很喜欢这里，所以我也想来这个旅馆消夏。也许我本应先租一个房间，悄悄地住进去，以此讨好经理（可以这样说吧），等待一个更有利的时机，然后再提出我的特殊要求；可是我不知为什么以为这件事也许当场就能解决。他说是啊，他还记得那个英国人，一九二九年在这里住过，每天早晨都要洗澡。

"他不喜欢交朋友吧，是吗？"我问，装出很随便的样子，"他总是一个人吗？"

"哦，我想他是和他的父亲在一起吧。"旅馆经理含混地说。

我们两人费了半天劲才把近十年间在博蒙旅馆住过的三四个英国人的情况梳理清楚。我明白他并不怎么记得塞巴斯蒂安。

"坦率地讲，"我漫不经心地说，"我是在找一个女士的地址，她是我哥哥的朋友，也在那个时候住在这里。"

旅馆经理抬了一下眼眉，我感到很不自在，觉得自己犯了个小错。

"为什么？"他问。（我马上想："我是不是应该贿赂他？"）

我说："哦，我愿意付给你报酬，你费心给我找找我想要的信息吧。"

"什么信息？"他问。（他是个愚蠢而多疑的老家伙——但愿他永远不会读到这几行文字。）

我继续耐心地说："不知道您能不能行行好，帮我找到一九二九年六月与奈特先生同时住在这里的那个女士的地址？"

"什么女士？"他用刘易斯·卡罗尔笔下的毛毛虫[1]的间接反驳语气问道。

"我不清楚她的名字。"我紧张地说。

"那你让我怎么找啊？"他耸了耸肩膀说。

"她是个俄国人，"我说，"也许你记得一个俄国女人——一个年轻的女士——还有，呃……长得很好看？"

"Nous avons eu beaucoup de jolies dames[2]，"他回答，态度越来越冷淡，"我怎么能记得呢？"

1　Caterpillar，英国作家刘易斯·卡罗尔（Lewis Carroll，1832—1898）所著的《爱丽丝漫游奇境记》第五章中的一个"人物"。
2　法语，我们这里住过很多漂亮的女人。

"那么，"我说，"最简单的办法就是看一看你的登记簿，找出一九二九年六月登记的俄国人的名字。"

"确实有几个俄国人名，"他说，"你怎么挑出你需要的名字呢，如果你不知道那个名字？"

"把那些名字和地址都给我，"我绝望地说，"剩下的事我来处理。"

他深深地叹了口气，又摇了摇头。

"不行。"他说。

"你的意思是说你不保存登记簿吗？"我尽量心平气和地问。

"啊，我当然保存登记簿，"他说，"我的生意要求这些事情井然有序。啊，是啊，我当然有客人的姓名……"

他溜达到房间后部，拿出一个大黑本子。

"在这儿呢，"他说，"一九三五年七月的第一个星期……奥特教授和夫人、萨曼上校……"

"喂，你听着，"我说，"我对一九三五年七月不感兴趣。我想要的是……"他合上本子，把它拿走了。

"我只不过是想向你说明，"他背对着我说，"向你说明［一个锁咔嗒响了一下］我保存着登记簿，很有秩序。"

他回到办公桌前，把放在吸墨纸簿上的一封信折叠起来。

"一九二九年夏天的，"我乞求道，"你为什么不愿意给我看我想要的记录呢？"

"唔，"他说，"这事行不通。第一，因为我不想让一个我完全不了解的陌生人去麻烦我的老顾客，他们将来还会是我的顾客。第二，因为我不明白你为什么那么急着要找一个你不愿意说出名字的女人。第三——我不想惹任何麻烦。我现在的麻烦已经够多了。一九二九年就有一对瑞士夫妇在街角的那家旅馆自杀了。"他前言不搭后语地补充道。

"这是你的最后决定吗？"我问。

他点了点头，看了看手表。我转身出去，使劲摔了一下门——至少我是尽力摔了门——那是个气动门，碰不着门框。

我慢慢地走回火车站。那个公园。也许塞巴斯蒂安在弥留之际想起了那棵雪松下的那张石长椅。远处大山的轮廓可能是某个难忘的夜晚用花式笔法[1]挥就的。在我看来，整个地方像是大垃圾堆，我知道有一颗黯淡的珠宝就丢失在那里。我的失败是荒唐的，可怕的，极其痛苦的。追逐梦想的努力带来的沉重迟缓的感觉。在逐渐消解的事物中进行的无望的摸索。"过去"为什么如此桀骜不驯？

"现在怎么办呢？"我那么渴望开始写的传记的思绪流到了最后一个转弯处就被白雾遮蔽了，就像我正在注视的山谷的状况。我能撇开它不管，照样写我的书吗？一本带盲点的书。一幅未完成的画——殉道者的四肢没涂颜色，他的身边放

1　paraph，在签名末尾使用的笔法，成为签名者的笔迹特点，以防别人假冒。

着箭。

我感觉很迷惘，觉得无路可走。我已经花了很长时间来考虑用什么方法能找到塞巴斯蒂安的最后一个情人，因此知道几乎没有别的方法能找到她的名字。她的名字啊！如果我能看到那些油迹斑斑的黑本子，我觉得我会马上认出她的名字的。我是不是应该放弃这条路子，转而搜集其他几个有关塞巴斯蒂安的次要细节呢？那些细节我仍然需要，也知道到哪里去获取。

我就是怀着这种困惑的心态上了区间慢车，它将把我带回斯特拉斯堡[1]，然后我会继续旅行，也许去瑞士……可是不行，我无法从失败的刺痛中解脱出来；尽管我千方百计埋头阅读手中那张英文报纸：可以说我在进行训练，只读英文，因为我考虑到了即将开始的工作……可是你能开始做你缺乏全面了解的事吗？

我独自坐在车厢的隔间里（正如你平时独自坐在那类火车的二等车厢里），可是后来，到了下一个车站，一个长着浓密眉毛的小个子男人上来了，他按欧洲大陆人的习惯和我打招呼，说的是法语，喉音很重，然后在我对面坐了下来。火车继续奔驰，直驶进夕阳之中。突然间，我注意到对面的这位乘客冲着我笑。

"天气太好了，"他说，并摘下礼帽，露出了粉红色的秃

---

1 Strasbourg，法国东北部港口城市。

头，"你是英国人吗？"他点着头笑着问。

"唔，是吧，暂时是。"我回答。

"我看见，刚才看见[1]你在读英语杂志，"他说，一面用手指头指了指——然后匆忙地摘下浅黄褐色的手套又指了一下（大概有人告诉过他，戴着手套时用食指去指东西是不礼貌的）。我喃喃地说了点什么就往别处看：我不喜欢在火车上聊天，而且这会儿我特别不想聊天。他随着我注视的方向看过去。低低的夕阳点燃了一幢大楼的许多窗户，当火车哐当哐当地驶过时，大楼慢慢地旋转，展示出一个烟囱，又一个烟囱。

小个子男人说："那是'弗兰伯姆和罗斯'，上等的织物，工厂。纸张。"

他停了一会儿，然后挠了挠发亮的大鼻子，朝我探过身来。

他说："我去过伦敦、曼彻斯特[2]、设菲尔德[3]、纽卡斯尔[4]。"他看了看还没数到的大拇指。

"对，"他说，"玩具生意。大战以前。我以前踢点儿足球。"他又说，大概是因为他注意到我对一片坑洼不平的场地扫了一眼，场地上有两个球门，垂头丧气地立在那里——其中

---

1 作者表现这个人物说不好英语，分不清动词的现在时态和过去时态，常常说错，但他意识到错误后会赶紧改口纠正。他有时还措辞不当。此外，作者还表现这个人物发音不准，例如把 [ð] 读成 [d]，把 [ø] 读成 [f] 等，译文中很难体现，仅此说明。

2 Manchester，英格兰西北部港口城市。

3 Sheffield，英格兰中北部城市。

4 Newcastle，英格兰北部海港。

一个的横梁没有了。

他眨了眨眼；他的小八字胡须翘了翘。

"有一次，你知道吗，"他一面说着一面暗笑，身子直颤，"有一次，你知道吗，我抛，抛球，从'外场'直接抛进了球门。"

"啊，"我不耐烦地说，"你得分了吗？"

"是风得了分。那是个 robinsonnada[1]！"

"是什么？"

"是 robinsonnada——妙招。是啊……你要去很远的地方吗？"他用哄诱人的口气特别客气地问。

我说："怎么，这趟火车最远不就到斯特拉斯堡吗？"

"是啊。我的意思是，我刚才的意思是说一般情况。你常旅行吧？"

我说，是啊。

"从哪方面来说？"他抬起头问。

"啊，我想是在以前吧。"我回答。

他点了点头，似乎明白我的意思。然后，他又冲我探出身子，摸着我的膝盖说："我现在卖皮货——你知道吗——皮球，给别人玩的。老啦！没力气啦！还卖猎狗口套和类似的东西。"

他又轻拍我的膝盖，"可是早些时候，"他说，"去年，四

---

1 研究纳博科夫的学者 Michael H. Begnal 在《初出茅庐的小说家》一文中说，Robinsonnada 一词是纳博科夫杜撰的，可能与他的家庭教师 Robinson 有关，因为他在后来发表的自传《说吧，记忆》中提到，Robinson 小姐有一个妙招——用不同颜色的枫叶做成光谱。

个去年，我在警察局——不对，不对，不止一次，不太对……便衣。你明白我的意思吗？"

我看了看他，突然对他有了兴趣。

"让我想想，"我说，"这让我有了一个想法……"

"是啊，"他说，"如果你需要帮助，需要好皮货，cigarette-etuis[1]、皮带、忠告、拳击手套……"

"我需要第五个，可能也要第一个。"我说。

他拿起放在他座位旁边的礼帽，小心地戴上（他的喉结上下滚动），然后欢快地笑了，对着我轻快地摘下帽子。

"我叫西尔伯曼。"他说着伸出手来。我握了握他的手，也通报了自己的姓名。

"可那不是英语名字，"他拍着自己的膝盖喊道，"那是俄语名字！ Gavrit parussky[2]？我还知道几个别的词……等一等！对了！ Cookolkah——小娃娃。"

他沉默了片刻。我脑子里反复思考他让我产生的想法。我是不是应该去找一个私人侦探机构咨询呢？这个小个子男人会不会派上用场呢？

"Rebah！"他喊道，"我又想起一个词。鱼，是吧？还有……对了。Braht, millee braht——亲爱的哥哥。"

"我正在想，"我说，"如果我告诉你我目前的困境，也

1　法语，香烟盒。
2　用拉丁字母转写的俄语，说俄语。

许……"

"可是我就会那么多,"他叹着气说,"我会说(他又数着手指头)立陶宛语、德语、英语、法语(他的大拇指又没数上)。俄语忘了。曾经会!还不错呢!"

"也许你能……"我开始说。

"任何事情,"他说,"皮腰带、钱包、笔记本、建议。"

"建议,"我说,"你看啊,我正在想法追踪一个人……一个俄国女人,我从来没见过她,也不知道她叫什么名字。我只知道她在某一段时间里住在某个旅馆,在布劳贝格。"

"啊,那是个好地方,"西尔伯曼先生说,"好极了,"——他抿了抿嘴唇,郑重地表示认可。"水好,散步道好,赌场好。你想让我做什么?"

"唔,"我说,"首先我想知道,像这样的情况一般能做什么?"

"最好是别打扰她,"西尔伯曼先生立刻说。

然后他突然往前探了探头,浓密的眉毛动了动。

"忘了她吧,"他说,"把她从你的脑子里甩出去。那很危险,也没有用。"他从我的膝部掸掉了点什么,点了点头,又坐了回去。

"别顾忌那个,"我说,"问题是怎样做,而不是为什么要做。"

"每一个'怎样'都有它的'为什么',"西尔伯曼先生说,"你找,找到了她的身材、她的照片,现在想找她本人了吧?

那不是爱情。哼！肤浅！”

“啊，不对，”我喊道，“不是那回事。我根本不知道她长什么样。可是，你明白吗，我那故去的哥哥爱过她，我想听她讲我哥哥的事。这确实很简单。”

“太惨了！”西尔伯曼先生说，并摇了摇头。

“我想写一本关于哥哥的书，”我接着说，“而且我对他生活的每一个细节都感兴趣。”

“他得的是什么病？”西尔伯曼先生声音低沉地说。

“心脏病。”我回答。

“心脏——真糟糕。太多的警告，太多的……一般的……一般的……”

“死亡的彩排。对极了。”

“是啊。他多大年纪？”

“三十六岁。他写书，用的是他母亲的姓。奈特。塞巴斯蒂安·奈特。”

“写在这儿吧。”西尔伯曼先生说，同时递给我一个特别精致的新笔记本，里面还有一支赏心悦目的银铅笔。随着嚓嚓嚓的声音，他整齐地撕下那一页，放进口袋，又把本子递回给我。

“你喜欢它吗，不喜欢？”他说，脸上带着急切的微笑，“请允许我送你一个小礼物。”

“真的吗，”我说，“太谢谢……”

“没什么，没什么，”他摆着手说，“现在，你想要什么？”

"我想要，"我回答，"一份完整的名单，包括一九二九年六月间在博蒙旅馆住过的所有的人。我还想知道一些具体情况：他们是谁，至少那些女人是谁。我想要他们的地址。我想确保没有一个俄国女人能用外国名字隐身。然后我会挑出最有可能的一个人或几个人，并且……"

"并且想法和她们联系，"西尔伯曼先生点着头说，"好啊！很好！所有开旅馆的先生都在这儿呢〔他给我看他的手掌〕，这很简单。请给我你的地址。"

他拿出另一个笔记本，这次是个很破旧的本子，几张写满潦草字迹的页面掉了下来，像秋天的落叶一般。我又说，我会一直待在斯特拉斯堡，等他打来电话再走。

"星期五，"他说，"六点，准时。"

然后这个不寻常的小个子男人坐回他的座位，抱起胳膊，闭上眼睛，好像这桩成交的买卖在某种程度上给我们的谈话画了个句号。一只苍蝇飞过去审视他的秃额头，但他一动不动。他打起盹来，直到火车到达斯特拉斯堡。我们就在那里分手。

我和他握手时说："嘿，你必须告诉我收多少费……我的意思是，你认为收多少合适，我都愿意付给你……也许你愿意让我预付定金……"

"给我寄一本你写的书，"他竖起一个又短又粗的手指头说，"还要支付可能的花销，"他轻声补充说，"说定了！"

一四

　　你看，我就是用这种方法得到了一份有四十二个人姓名的名单，塞巴斯蒂安的名字也在其中（塞·奈特，伦敦西南区橡树园公园路三十六号），他的名字似乎出奇的可爱，又让人感到失落。我突然（高兴地）注意到，所有这些人的地址都有，附在名字后面；西尔伯曼匆匆解释说，经常有人死在布劳贝格。在四十一个我不认识的人当中，有三十七个人"用不着怀疑"，这是小个子男人的原话。的确是这样，这些人中有三个人（未婚妇女）有俄文名字，可是其中一人是德国人，一人是阿尔萨斯人：她们常常下榻这家旅馆。还有一个姑娘叫薇拉·拉辛，有点让人难以捉摸；然而西尔伯曼肯定地说她是法国人，还知道她实际上是个舞蹈演员，是斯特拉斯堡一个银行家的情人。还有一对波兰老夫妇，我们毫无疑虑地把她们排除了。这组"用不着怀疑"的人里剩下的，有三十一人，包括二十个成年男人；这二十人中只有八人已婚，或者说至少是带来了妻子（埃玛、希尔德加德、波琳等等），西尔伯曼敢发誓，这些都是年纪大点的人，都很有身份，显然都不是俄国人。

　　这样一来，我们还剩下四个名字：

　　莉吉雅·博希姆斯基小姐，地址是巴黎的。她在博蒙旅馆住了九天，那是在塞巴斯蒂安下榻的初期；旅馆经理已不记得她了。

德列齐诺伊夫人。她在塞巴斯蒂安去巴黎的前一天离开了旅馆，也去了巴黎。经理还记得，她是个穿着非常讲究的年轻女人，付小费很大方。我知道她姓氏中的"德"说明她是那种喜欢突出高贵身份的俄国人，尽管在俄国姓氏前加上法语的particule[1]不仅是荒唐的，也是不合法的。她很可能是个爱冒险的女人，很可能是一个自视甚高的人的妻子。

海莲娜·格里恩斯坦。这是个犹太人名，可是尽管有"斯坦"，绝不是德裔犹太人的姓氏。在"格里恩（grin）"里，用字母"i"取代了自然的"u"，说明这个姓氏是在俄国发展起来的。这个女人是在塞巴斯蒂安离开前的一个星期住进旅馆的，后来又多住了三天。经理说她是个漂亮的女人，以前到他的旅馆来过一次，她家住在柏林。

海伦·冯·格劳恩。这是个地道的德文名字。可是经理肯定地说，那个女人住在这儿的时候，曾多次唱过俄文歌。他说，她有优美的女低音嗓音，而且长得非常漂亮。她总共住了一个月，比塞巴斯蒂安早五天离开，去了巴黎。

我非常详细地记录了所有这些细节，以及这四个人的地址。四个人中的任何一个都有可能是我要找的人。我热情地

---

1 法语，表示贵族的介词，即指上文提到的"德"（de）。

感谢西尔伯曼先生，当时他坐在我面前，帽子放在双腿的膝部。他叹了口气，低头看着小黑靴子的前部，上面有鼠灰色的鞋罩。

"我弄来这个，"他说，"是因为我觉得你有同情心。可是……［他看着我，发亮的棕色眼睛透出些许请求的目光］可是请注意，我认为它没有用。你不可能看见月亮的另一面。你别去找那个女人。过去的事就过去了。她不会记得你的哥哥。"

"我当然会提醒她的。"我严肃地说。

"随你的便吧。"他咕哝着，同时耸了耸肩，并系上外衣的纽扣。他站了起来。"旅途愉快。"他说，脸上没有了平时的微笑。

"哎，等一会儿，西尔伯曼先生，咱们得算算账。我该付你多少钱？"

"是啊，这就对了，"他说着坐回到座位上，"等一等。"他拧开自来水笔，匆匆写下几个数字，一边端详着它们，一边用笔杆敲着牙，"对，六十八法郎。"

"啊，那可不多，"我说，"也许你愿意……"

"等一等，"他喊道，"那是假的。我忘了……你还保管着我给你的，我上次给你的通告本[1]吗？"

"怎么，是呀，"我说，"事实上，我已经开始用它了。你

---

1 说话者英语不好，把 notebook（笔记本）错说成了 notice-book（通告本）。

明白吗……我以为……”

"那就不是六十八法郎了，"他说，一面很快地修正他的加法，"那……那就只有十八法郎了，因为买那个本子花了五十法郎。总共十八法郎。旅行的花销……"

"可是……"我说，我目瞪口呆，不明白他的算法……

"别说话，现在对了。"西尔伯曼先生说。

我找出一枚面值二十法郎的硬币，尽管我愿意高兴地付给他比这高一百倍的报酬，假如他允许的话。

"好了，"他说，"现在我该找给你……对了，这就对了，十八加二等于二十。"他皱紧眉头，"对，二十。这是找给你的。"他把我的那枚硬币放在桌上就走了。

我真不知道写完这本书以后怎么寄给他：这个有趣的小个子男人没给我留地址，我当时脑子里想的都是别的事，没想到问他要地址。但是如果他有一天真的看到了《塞巴斯蒂安·奈特的真实生活》，我想让他知道我多么感谢他的帮助。还感谢他送给我笔记本。现在这个本子已经记了很多东西，等到我把它写满的时候，我会买一套新的纸页装进去。

西尔伯曼先生走后，我仔细地研究了他用那么神奇的方法给我搞到的四个地址，并决定从那个柏林的地址开始走访。如果这次走访的结果让我失望，那么我就能从其他三个巴黎的地址中寻求解决问题的可能性，用不着再做一次长途的、会让我更感乏力的旅行；我说"会让我更感乏力"，是因为那时我会清楚我是在打最后一张王牌。与此相反，如果我第一次走访就有好运，那么……可是没关系……命运因为我的决定已经给了我慷慨的回报。

湿漉漉的大雪片纷纷扬扬地斜着飘落在西柏林的帕骚尔大街上，我走近一所难看的旧房子，它的前脸有一半隐藏在脚手架后面，好似做了伪装。我轻轻地拍了拍看门人小屋的玻璃，一个薄布窗帘猛地拉到一边，一扇小窗啪地开了，一个肥硕邋遢的老妇人态度生硬地告诉我，海莲娜·格里恩斯坦夫人确实住在这所房子面。我感觉自己高兴得轻轻颤抖，随即上了楼梯。公寓门的黄铜牌子上写着："格里恩斯坦"。

一个面色苍白、脸庞肿胀、打着黑领结的少年让我进了屋，他一言不发，甚至没有问我的姓名；他转过身便沿着走廊离去了。在很小的门厅里，衣架上挂着许多上衣。桌子上有一束被雪打湿的菊花，放在两顶庄重的高礼帽之间。我看好像没有人会过来，便轻轻地拍了拍一个房门，把门推开，然后又关上。在那一瞬间我看见一个深色头发的小姑娘躺在一个没有靠背的长沙发上睡觉，身上盖着一件仿鼹鼠皮上衣。我在门厅中央站了一会儿。我擦了擦被雪打湿的脸，擤了擤鼻涕。然后我冒昧地沿着走廊往里走。有一扇门开着，我听到很低的说话声，讲的是俄语。两间大屋子是用一种拱形结构连接在一起的，里面有很多人。我慢慢走进去的时候，有一两个人把脸转向我，茫然地看着，可是除此之外，我的出现并没有引起注意。桌子上有一些玻璃杯，里面有没喝完的茶水，还有一碟面包渣。一个男人在角落里看报纸。一个身披灰色披肩的女人坐在桌子旁边，用手托着腮，手腕上有泪珠。还有两三个人坐在沙发上一动不动。一个小姑娘抚摸着一只蜷缩在椅子上的老狗，她长得很像我刚才看见的那个睡觉的小姑娘。在旁边那间屋子里，有人开始笑或者是喘气什么的，那里人更多，有的坐着，有的四处转悠。刚才在门厅迎接我的那位少年端着一杯水从我身边走过，我用俄语问他我是否能和海莲娜·格里恩斯坦太太说句话。

"叶莲娜[1]姑妈，"他冲着一个背对着我们的女人说。那女人身材苗条，穿着黑衣服，正弯着腰看着一个躬身坐在单人沙发上的老人。她走到我跟前，请我去走廊另一边的小客厅。她很年轻，姿态优雅，较小的脸上抹了粉，温柔的长眼睛好像被吊到了太阳穴。她穿着一件黑色套头毛衣，两只手像她的脖子一样小巧精美。

"Kahk eto oojahsno[2]……天气真是太糟糕了，是吧？"她小声说。

我愚蠢地回应说，很抱歉，我来得不是时候。

"啊，"她说，"我以为……"她看着我。"请坐吧，"她说，"我以为我刚才在葬礼上见过你一面……没有吗？那么，你知

1　Elena，上文 Helene（海莲娜）的变体。

2　用拉丁字母转写的俄语，天气多糟糕呀。

道吗，我的姐夫死了，而且……啊，不要紧，不要紧，请坐。今天一天都乱糟糟的。"

"我不想打扰你，"我说，"我最好还是走吧……我本来只是想和你谈谈我的一个亲人……我想你认识他……在布劳贝格……可是没关系……"

"布劳贝格？我去过两次。"她说。不知哪儿响起了电话铃声，她的脸抽动了一下。

"他叫塞巴斯蒂安·奈特。"我说，一面看着她那没涂口红的鲜嫩微颤的嘴唇。

"我从来没听过这个名字，"她说，"没听过。"

"他是半个英国人，"我说，"他是写书的。"

她摇了摇头，然后转向屋门，那门已被他的外甥、那个郁郁寡欢的少年推开了。

"索尼娅过半小时就来。"他说。年轻女子点了点头，少年退出了屋子。

"事实上那个旅馆里的人我一个都不认识。"年轻女子接着说。我有礼貌地对她点了点头，再次道歉。

"可是你叫什么名字呢？"她问道，一面用黯然的温柔的眼睛端详着我，不知为什么这双眼睛使我想起了克莱尔。"我想你说了你的名字，可是今天我的脑子好像很糊涂……噢，"她听我说了名字以后说，"可是这个姓听着很耳熟。以前在圣彼得堡不就有姓这个的男人在决斗中被杀了吗？啊，你的父亲？我明白了。等一等。有一个人……就在前两天……有一个人还回忆起这件事呢。多奇怪啊……总发生这样的事，都成堆了。对了……是罗萨诺夫夫妇……他们认识你们家的人，知道所有的事……"

"我哥哥有个学友叫罗萨诺夫。"我说。

"你可以查电话簿找他，"她马上说，"你明白吗，我不太了解他们，这会儿我也没法查找什么东西。"

她被叫走了，我一个人走向门厅。我发现那里有一位年长的男士忧伤地坐着抽雪茄烟，他正坐在我的大衣上。起先他不明白我要什么，后来就冲动地一再道歉。

我多少感到遗憾，海莲娜·格里恩斯坦不是我要找的人。当然啦，她不可能是那个把塞巴斯蒂安害得那么惨的女人。她这种类型的姑娘不会毁掉一个男人的生活——而会建设他的生活。她在这里有条不紊地管理着这个突然充满痛苦的家庭，但还能关注一个完全无关的陌生人的荒谬事务。她不仅倾听我讲述，而且给我提了建议。我当时就接受了这个建议，并马上去寻访。虽然我访问的那些人与布劳贝格和那个未知的女人没有任何关系，但我还是搜集到了有关塞巴斯蒂安生活的最宝贵的几页记载中的一页。一个比我思想更有条理的人会把这几页的内容放在这本书的开头，可是我的探索已经生发出了自身的魔法和逻辑；虽然我有时不禁相信，我的探索已逐渐发展成了梦想，用"现实"的图案来编织它自身的幻想，可是我不得不承认，我正在被引向正确的方向，为了努力再现塞巴斯蒂安的生活，我现在必须遵循具有同样节奏的编织模式。

冥冥之中似乎有一种规律，支配着某种奇怪的和谐，它把关于塞巴斯蒂安青春期的初恋的访谈，与关于他最后的隐秘恋情的启示，安排在如此之近的地方。他生活的两种模式相互质疑，其答案就是他的生活本身，这就是你探索人间真理所能达到的最接近的程度。他那时十六岁，女孩子也是十六岁。灯光熄灭了，大幕升起来，展现出俄国的夏日风景：一条河的转弯处被树荫笼罩了一半，因为墨绿的枞树长在河流一侧的陡峭泥岸上，它们的枝叶连同深黑色的倒影快要伸展到河对岸了；对岸地势较低，阳光充足，长着湿地花卉和银色丛生草，散发着芳香。塞巴斯蒂安头发剪得很短，没戴帽子，穿着宽松的绸衬衫，在起劲地划着一条漆成鲜绿色的小船；他的衬衫一会儿贴着肩胛骨，一会儿贴着前胸，这取决于他的身子是往前弯，还是向后仰。一个女孩子坐在舵手座上，可是我们姑且让她停留在没有颜色的状态：只有轮廓，是画家没有涂色的一个白色形体。深蓝色的蜻蜓快速低飞，从这里飞到那里，落到睡莲的扁平叶子上。许多人名、日期，甚至面孔被凿在较陡峭的河岸那边的红土上，雨燕飞快地穿梭于那里的洞穴之间。塞巴斯蒂安的牙齿闪着亮光。后来，当他暂停划桨向后看的时候，小船继续滑行，伴随着柔和的刷刷声，进入灯芯草丛之中。

"你这个舵手可不怎么样。"他说。

画面换了：那条河的另一个转弯处。一条小路通向水边，停住了，犹豫了一下，转了弯，绕着一张做工粗糙的长椅转了一圈。天色还不晚，可空气是金黄色的，许多蠓虫在山杨树叶中间的一束阳光里表演着原始的本族舞蹈；那些山杨树叶终于静止不动了，它们已经把犹大忘掉了[1]。

塞巴斯蒂安坐在那张长椅上，看着一个黑封皮抄写本，大声朗诵着上面的英语诗歌。后来他突然停了下来：在靠左边一点的地方，可以看见水面上露出一个女游泳者的头部，有红褐色头发，渐渐地远去，长发飘浮在后面。过了一会儿，那个裸泳者从河对岸冒了出来，用大拇指擤着鼻涕；原来那是村里留长发的牧师。塞巴斯蒂安继续给身边的姑娘朗读诗歌。画家还没有把那个女孩子的白色形体涂满颜色，只涂了那只晒得黝黑的细胳膊，从手腕到胳膊肘的外边缘都画上了闪着暗光的绒毛。

正如在拜伦的梦幻中那样，画面又换了。这是个黑夜。天上布满星星，充满生气。几年之后，塞巴斯蒂安写道：凝望星星使他感到难受、恶心，打个比方，就像你看见一只开了膛的野兽露出的肠子时那样难受。可是在那个时候，塞巴斯蒂安还没有把这个想法表达出来。天非常之黑。看不出公园里什么地

1　山杨树具有象征意义，与基督教有关。它的树叶一见风就摇摆，被说成是树在颤抖。根据传说，山杨树颤抖的原因有二：一是山杨木曾被做成十字架，见证过耶稣在髑髅地被钉死的情景；二是出卖耶稣的犹大就是在山杨树上自缢身亡的。

方可能有小路。一片昏暗连着一片昏暗，不知从哪里传来了猫头鹰的叫声。这是一个黑暗的深渊，突然间，一个发绿的小圆圈越移越近：那是一个手表的发光表盘（塞巴斯蒂安成年以后不赞成戴手表）。

"你一定要走吗？"这是他的声音。

画面最后一次转换：迁徙的仙鹤排成"V"字形从这里飞过；它们发出的柔和呻吟声逐渐消逝在黄褐色桦树林之上的蓝绿色高空中。塞巴斯蒂安坐在一棵被砍倒的大树的白灰两色树干上，仍然不是一个人。他的自行车放在一边，车轮的辐条在欧洲蕨丛中闪着光。一只黄缘蛱蝶从眼前掠过，停在大树的截面上，扇着天鹅绒似的翅膀。他明天要回城了，星期一开学。

"这就完了吗？你为什么说咱们今年冬天不见面了？"他已经是第二次或第三次这样问了。没有回答。"你真的认为你爱上那个学生小伙子了吗？——vetovo studenta[1]？"艺术家仍然没给那位坐着的女孩的身形涂颜色，除了那只胳膊和玩弄着自行车打气筒的一只瘦削的棕色的手。这只手拿着打气筒手柄的顶端在松软的地上慢慢地写出英语字"是"，目的是使这个回答和缓一些。

大幕随着铃声降了下来。是的，就这么多。故事就是这么简单，但令人心碎。塞巴斯蒂安在学校里可能再也不会询问每

1　用拉丁字母转写的俄语，那个学生。vetovo 为 v etovo 之误。

天坐在邻桌的男孩子："你姐姐身体好吗？"他也不应该再向仍来串门的老福布斯女士打听她先前也教过的那个小姑娘。明年夏天他将如何走那同一条小路，如何观赏夕阳，如何骑自行车去河边呢？（可是他第二年夏天的时间主要花在陪同未来主义诗人帕恩旅行了。）

事也凑巧，正是娜塔莎·罗萨诺夫的弟弟开车送我到夏洛滕堡[1]车站乘巴黎快车的。我说，我刚才和他的姐姐（现在体态丰满，已是两个男孩的母亲了）谈起了一个远去的夏天里发生在俄国梦幻之乡的事情，这有多怪呀。他回答说，他非常满意自己在柏林的工作。我想方设法（我先前也想过办法，但没有成功）让他谈谈塞巴斯蒂安的学校生活。"我的记性特别不好，"他回答道，"不管怎么说，我太忙了，对这种普通的事不会动感情的。"

"啊，可是，"我说，"你肯定能，肯定能想起某件很突出的小事，什么都行……"他哈哈大笑。他说："唔，你刚才不是和我姐姐谈了好几个钟头吗？她崇拜过去，是不是？她说，你要把她写进书里，再现她当年的样子，事实上，这正是她梦寐以求的。"

"请你回忆一下，想出点什么来。"我固执地说。

"我告诉你我想不起来，你这个怪人。没用，没有一点用。

---

1 Charlottenburg，德国柏林市地区。

除了抄袭作业、临阵磨枪和给老师取外号等一般的废话以外，没有什么好讲的。我想，我们过了一段快乐的时光……可是你知道吗，你的哥哥……我该怎么说呢？……你的哥哥在学校里不太招人喜欢……"

一五

　　读者大概已经注意到了，我在本书中尽可能不提自己。我尽量不涉及自己的生活状况（尽管散见于书中的点滴暗示可能已使我这项研究的背景更为清晰）。因此，故事讲到这里，我将不会谈我回到巴黎后（我在巴黎多少算有个永久的家）生意上遇到的某些困难；它们与我的探索没有任何关系，如果我捎带着提到它们，那只是为了强调一个事实：我是那么专心地致力于寻找塞巴斯蒂安的最后一个恋人，甚至把休假这么长时间可能带来的麻烦都愉快地置之度外了。

　　对于从柏林的线索开始查找的方法，我并不觉得遗憾。我至少从这番寻访中意外地瞥见了塞巴斯蒂安过去生活的另一章。现在一个名字已经抹去了，我面前还有三个机会。巴黎的电话簿给我提供了如下信息："海伦·(冯·) 格劳恩"和"保尔·列齐诺伊"（我注意到这个姓氏中没有"德"字），这两条中所附的地址与我已有的地址一致。我估计我会遇见哪个女士的丈夫，这将是不愉快的，但又不可避免。至于第三位女士莉吉雅·博希姆斯基，两本电话簿里（一本是刚才提到的电话簿，另一本是博坦[1]的杰作，里面的地址是按街道排列的）都没有她的名字。不管怎么说，我已有的地址也许能帮我找到她。我对巴黎非常熟悉，因此我立刻看出哪种寻访顺序最节省时间，如果我想在一天之内都走访完的话。让我再多说一句，以免读者对我的简单匆促的行动方式感到惊奇：我不喜欢打电话，正如我不喜欢写信。

我按了电铃之后，一个头发浓密的瘦高个子男人开了门，他只穿着无领衬衫，衬衫的颈前部有一个黄铜领扣。他手里拿着一个国际象棋的棋子——黑色"骑士"[2]。我用俄语和他打招呼。

"请进，请进。"他高兴地说，好像一直等我来访似的。

"我的名字叫（某某）。"我说。

他大声说："我叫保尔·保利奇·列齐诺伊。"他开心地大笑，好像这是个有意思的玩笑。"请进。"他说，一面用棋子指着一扇敞开的门。

我被请进一间不大的屋子，屋里一个角落里放着一台缝纫机，空气中有丝带和亚麻制品的淡淡气味。一个粗壮的男人斜坐在桌子旁边，桌上铺着一张油布棋盘，棋子较大，超出了棋盘上的方格。他斜着眼看着棋子，而他嘴角上叼着的烟嘴却朝着另一个方向。一个四五岁的漂亮小男孩跪在地板上，周围都是玩具小汽车。保尔·保利奇随手把那个黑色"骑士"扔到桌

1　Sébastien Bottin（1764—1853），法国行政官员、统计学家，在一八一九年编制出版了一部商贸手册，名为《博坦年鉴》。1890 年，法国商业、工业和殖民地部编制巴黎市电话簿时，借鉴了博坦的编辑方法。

2　"骑士"棋子以马头为标志，汉语常称为"马"。

子上，棋子的头掉了。"黑方"小心地把它拧上。

"请坐，"保尔·保利奇说，"这是我的堂弟，"他补充道。"黑方"有礼貌地点了点头。我在第三把椅子（也是屋里的最后一把椅子）上坐了下来。小男孩走到我跟前，默默地给我看一支新的红蓝铅笔。

"我要是想攻，就能吃你的'车'，""黑方"威胁说，"可是我有一步更好的棋。"

他拿起自己的"王后"，巧妙地塞进一堆颜色已发黄的"兵卒"当中——其中有一个"兵卒"是用顶针代替的。

保尔·保利奇以闪电的速度突袭，用"主教"拿下了"王后"。然后大笑起来，跟吼叫差不多。

"黑方"在"白方"停止吼叫时冷静地说："现在你要倒霉了。仔细看看吧，我的小鸽子。"

"白方"想悔棋，就在他们两人为棋子的位置争执时，我仔细打量了整间屋子。我注意到一张过去皇族家庭的肖像画。我注意到一个著名将军上嘴唇的胡子，他是几年前被害的。我还注意到那张棕色长沙发上突起的弹簧，我感觉这个长沙发是做床用的，睡三个人——丈夫、妻子和孩子。一刹那间，我觉得自己来这里的目的极其荒唐。不知怎的，我也想起了果戈理[1]的《死魂灵》中乞乞科夫所进行的那些离奇的访问。这时

_____

1　Nikolay Gogol（1809—1852），俄国作家，长于描写俄国生活的小说和戏剧。长篇小说《死魂灵》是他的一部主要作品。

候，小男孩正在给我画一辆小汽车。

"现在我听你的吩咐。"保尔·保利奇说（我明白他输了，"黑方"正把棋子都放回一个旧的硬纸盒子里——除了那个顶针以外）。我说了事先精心准备好的话：简单地说，我想见他的夫人，因为她是我的一些……哦，德国朋友的朋友。（我不敢过早提塞巴斯蒂安的名字。）

"那你得等一会儿了，"保尔·保利奇说，"她在城里忙着办事，你明白吗。我想，她一会儿就会回来的。"

我下决心等待，尽管我感到今天很难单独见他的妻子。然而我想，我用一点巧妙的问话也许就会马上解决那个女人是否认识塞巴斯蒂安的问题；然后可以逐步套出她的话。

"咱们一边等着，"保尔·保利奇说，"一边喝点儿白兰地吧——cognachkoo[1]。"

小男孩发现我对他的那些图画非常感兴趣，他就走到他的堂叔跟前，叔叔马上把他抱上膝头，开始飞快地作画，姿态优美，画出了一辆赛车。

"你真是个画家。"我说——我这是故意找话说。

保尔·保利奇正在小厨房里洗玻璃杯，他笑着回过头喊道："啊，他是一个全才。他能倒立着拉小提琴，能在三秒钟里说出两个电话号码相乘的得数，还能用他平日的笔法倒书自

1　用拉丁字母转写的俄语，白兰地。

己的名字。"

"他还会开出租车呢。"小男孩一边说一边摇晃着脏兮兮的小细腿。

当保尔·保利奇把那些玻璃杯放在桌上时,"黑方"叔叔说:"不了,我不和你喝酒了。我想,我应该带孩子出去散散步。他的东西在哪儿?"

孩子的上衣找到了,"黑方"就把他领走了。保尔·保利奇倒了两杯白兰地,并说:"你得原谅我用这样的杯子。我在俄国的时候很有钱,十年前在比利时又发了财,可是后来破产了。来,干杯。"

"你的夫人常做针线活吗?"我问,目的是继续打探情况。

"啊,是啊,她学起做衣服来了,"他快乐地笑着说,"我是个排字工人,可是我刚失业。她肯定过一会儿就回来。我以前不知道她有德国朋友啊。"他又说。

"我想,"我说,"他们是在德国遇见她的,要不就是在阿尔萨斯?"他正饶有兴趣地往自己的杯子里添酒,可是突然停了下来,张大嘴看着我。

"恐怕是弄错了吧,"他喊道,"那一定是我的第一个妻子。瓦尔瓦拉·密特罗凡娜从来就没去过巴黎以外的地方——当然啦,俄国不算——她是从塞瓦斯托波尔[1]经过马赛来到这儿

---

1 Sebastopol,乌克兰境内克里米亚半岛西南部的港口城市。

163

的。"他喝干了杯中的酒，又开始哈哈大笑。

"这酒不错，"他说，同时好奇地看着我，"我以前见过你吗？你本人认识我的前妻吗？"

我摇了摇头。

"那算你幸运，"他喊道，"太他妈的幸运了。你的德国朋友派你找她，那是白费劲，因为你永远找不到她。"

"为什么？"我问，我越来越感兴趣了。

"因为我们分居以后不久，那是几年前的事了，我就见不着她的人影了。有人在罗马见过她，有人在瑞典见过她——可是我连这都不信。她可能在这里，也可能在地狱里。我才不在乎呢。"

"你不能告诉我怎样才能找到她吗？"

"没办法。"他说。

"你们俩都认识的熟人呢？"

"那些人是她的熟人，不是我的熟人。"他回答，身子抖了一下。

"你没有她的照片或什么东西吗？"

"嘿，"他说，"你这是什么意思？是警察在追踪她吗？因为，你知道吗，如果查出她是个国际间谍，我一点都不会惊奇。玛塔·哈里[1]！她就属于这类人。啊，绝对是。然后……

---

1 Mata Hari，原名 Margaretha Geertruida Zelle（1876—1917），荷兰舞女、名妓、第一次世界大战期间的著名间谍。一九一七年在巴黎以间谍罪被捕，由法国军事法庭判处死刑。

不过，她可不是你能轻易忘掉的姑娘，只要她进入了你的系统。她把我都吸干了，而且不止在一个方面。比如说，金钱和灵魂。我本来会杀了她……如果不是因为阿纳托里的话。"

"阿纳托里是谁？"我问。

"阿纳托里？啊，是行刑官。在这里管断头台的人。看来你根本就不是警察。不是？唔，我猜你是为了自己的事。可是，说真的，她把我逼疯了。你知道吗，我是在奥斯坦德[1]遇见她的，那一定是在，让我想想，是在一九二七年——那年她二十岁，不对，还不到二十岁。我知道她是别人的情妇等情况，可是我不在乎。她的生活理念是：喝鸡尾酒；凌晨四点吃丰盛的晚餐；跳希米舞[2]或什么舞；偷窥妓院，因为那是巴黎那些自以为了不起的人的时髦做法；买昂贵的衣服；在旅馆里大吵大闹，因为她认为女服务员偷了她的零钱，可是后来她在卫生间里又找到了……啊，还有诸如此类的事——你可以在任何一本廉价小说里找到她，她是一种典型，一种典型。还有，她喜欢编造某种罕见的病，然后去某个有名的疗养地，还有……"

"等一下，"我说，"我对这一点感兴趣。一九二九年六月她一个人在布劳贝格吧？"

"对呀，可那是在我们的婚姻结束的时候。我们那时住在

---

1 Ostende，比利时西北部港口城市。

2 Shimmy，一种摇动臀部和肩膀的舞蹈。

巴黎，在那以后不久我们就分居了，我在里昂的一个工厂干了一年。我破产了，你明白吗？”

“你的意思是不是说，她在布劳贝格遇见了别的男人？”

“不是，我不知道有那样的事。你要知道，我倒不认为她真的故意那么过分地欺骗我，不是的，你知道吗，没有那么绝情——至少我尽量这样想，因为总有很多男人围着她转，他们亲吻她，她也不在意的，我这样猜想，可是如果我那时仔细琢磨这事的话，我早就发疯了。有一次，我记得……”

“对不起，”我又打断了他的话，“可是你能肯定从来没听说过她有一个英国朋友吗？”

“英国人？我记得你说的是德国人。没有，我不知道。一九二八年在圣马克西姆[1]有一个年轻的美国人；我相信，每次尼娜和他跳舞，他都神魂颠倒——呃，在奥斯坦德和别的地方可能有几个英国人，可是说真的，我从来不注意那些爱慕她的人是哪国人。”

“这么说，你能肯定，你不知道布劳贝格，以及……哦，以及后来发生了什么事？”

“不知道，”他说，“我认为她不会对那里的任何人感兴趣。你要知道，那会儿她正犯着病——而且只吃柠檬冰淇淋和黄瓜，谈的都是死亡和涅槃之类的事——她对拉萨特别着迷——

1　Ste. Maxime，法国地中海沿岸海滨小镇，度假胜地。

你明白我的意思……"

"她的全名叫什么？"我问。

"哦，我遇见她的时候，她叫尼娜·图罗维茨——可她是否——不会，我想，你找不着她。事实上，我常想，就当她从来都不存在吧。我对瓦尔瓦拉·密特罗凡娜讲了尼娜的事，她说那只不过是在电影院看完一场糟糕的电影以后做的一个糟糕的梦。啊，你先不走吧？她一会儿就回来……"他一边看着我，一边大笑（我想他是白兰地喝多了）。

"哎呀，我忘了，"他说，"你想找的不是我现在的妻子。顺便说一句，"他又说，"我的文件都保存得很好。我可以给你看看我的 carte de travail[1]。如果你真能找到她的话，我倒是想在她进监狱之前和她见上一面。也许最好是不见。"

"好吧，谢谢你和我谈了这么多。"我一边说一边和他握手，我们两人有些过分热情——先是在屋子里握手，然后在走廊里握手，最后又在门口握手。

"我得谢谢你，"保尔·保利奇喊道，"你明白吗，我很喜欢谈论她，很遗憾，她的照片我一张都没有保留。"

我站着沉思了片刻。我对他探问得够吗……没关系，我总能再找他一次的……那些带有汽车、小狗、皮毛制品、里维埃拉时装等图片的报纸会不会碰巧登过她的照片呢？我问了保

1　法语，工作证。

尔·保利奇。

"也许吧，"他回答，"也许吧。有一次她在一个化装舞会上得了奖，可是我记不清是在什么地方了。在我看来，所有的小镇都不过是饭店和舞厅。"

他摇着头肆无忌惮地大笑，并且砰的一声关上了门。我下楼的时候，"黑方"叔叔和小男孩正慢慢地上楼。

"从前啊，""黑方"叔叔说，"有一个赛车手，他有一只小松鼠；有一天啊……"

一六

　　我的第一个印象是，我已得到了想要的信息——至少我知道塞巴斯蒂安的情人是谁了；可是我很快就冷静下来。可能是她吗，那个夸夸其谈的男人的前妻？一辆出租车拉着我去找下一个地址，一路上我都在思索。我值得花时间去追寻那条看似有道理又过于有道理的踪迹吗？保尔·保利奇根据记忆所描述的那个形象不是有点过于明显了吗？那个想入非非的水性杨花的女人，她毁掉了一个蠢人的生活。可是塞巴斯蒂安蠢吗？我回忆起他对明显的坏事和明显的好事都有强烈的反感，对各种现成的快乐形式和各种陈腐的痛苦形式都有强烈的反感。那种类型的姑娘会马上让他心烦。因为，就算那姑娘确实在博蒙旅馆结识了安静、不善于交际、心不在焉的英国人塞巴斯蒂安，她可能谈些什么呢？可以肯定，她刚一开始发表见解，塞巴斯蒂安就会躲开她。我是知道的，塞巴斯蒂安常常说，行动敏捷的姑娘脑子迟钝，爱玩闹的漂亮女人比谁都乏味；更有甚者，他还常说，当最漂亮的姑娘显示自己是普通人中的精华时，你如果仔细观察她，肯定会发现她的美貌里有细微的瑕疵，这与她的思维习惯是一致的。也许塞巴斯蒂安并不在意咬一口罪孽的苹果，因为除了语法错误以外，他对罪孽的概念也不感兴趣；可是他确实很在意苹果冻，那种罐装的、有专利权的苹果冻。他可能宽恕一个与别人调情的女人，但是永远不会容忍一个假装神秘的人。他可能对一个喝啤酒喝得酩酊大醉的荡妇感到好笑，但是不会容忍一个暗示渴望吸大麻的 grande cocotte[1]。我越想越觉得可能性不大……不管怎么说，我不应该花时间去找那个姑娘，等仔细研究了其他两种可能性以后再说。

因此，当我的出租车停在一所非常壮观的房子（位于市中心最时髦的地段）前面时，我迈着急切的步子走了进去。女仆说夫人不在家，可是她看出了我失望的神情，就叫我等一会儿；她回来时建议说，如果我愿意，我可以和冯·格劳恩夫人的朋友勒塞尔夫太太谈一谈。原来这位勒塞尔夫太太是一个身材瘦小、面色苍白的年轻女人，长着一头顺滑的黑发。我想我从来没见过苍白得如此均匀的皮肤；她的黑衣裙是高领的，她用的是一个黑色长烟嘴。

"这么说你想见我的朋友啦？"她说。我觉得，她那浅显易懂的法语透出一种令人愉快的旧世界的文雅。

我做了自我介绍。

"是啊，"她说，"我看了你的名片。你是俄国人，对不对？"

"我到这里来，"我解释道，"是替别人办一件需要小心

---

1 法语，非常轻佻的女人。

处理的事。可是请先告诉我，我猜格劳恩夫人是我的同胞，对吗？"

"Mais oui, elle est tout ce qu'il y a de plus russe,[1]"她回答，声音柔和而清脆，"她已故的丈夫是德国人，但也说俄语。"

"啊，"我说，"你用的过去时态可太让人高兴了。"

"你可以跟我开诚布公地谈，"勒塞尔夫太太说，"我很喜欢那些需要小心处理的事情。"

我接着说："我是英国作家塞巴斯蒂安·奈特的亲属，他在两个月前去世了；我想写一本他的传记。他有一个很亲近的朋友，是他一九二九年在布劳贝格小住的时候结识的。我正想法找她。就是这么个事。"

"Quelle drôle d'histoire！[2]"她喊道，"多么奇怪的故事。你希望她告诉你什么呢？"

"啊，她愿意讲什么都行……可是，我是不是应该这样理解……你的意思是不是说，格劳恩夫人就是那个朋友？"

"很可能，"她说，"虽然我从来没听她提过那个名字……你刚才说他叫什么来着？"

"塞巴斯蒂安·奈特。"

"没提过。可还是很有可能。她总是在住过的地方交上朋

1　法语，确实是，再没有比她更地道的俄国人了。

2　法语，多么奇怪的故事！

友。Il va sans dire[1]，"她补充说，"你应该和她本人谈一谈。啊，我敢肯定，你会发现她很迷人。可那是多么奇怪的故事啊，"她一面笑着看我，一面重复这句话，"你为什么一定要写关于他的书呢？你怎么会不知道那个女人的名字呢？"

"塞巴斯蒂安·奈特行动神秘，"我解释说，"他保存的那位夫人的信件……唔，你明白吗——他希望在他死后都销毁掉。"

"那是对的，"她高兴地说，"我很理解他。没问题，烧掉情书。'过去'可以用作高贵的燃料。你愿意喝杯茶吗？"

"不喝了，"我说，"我想知道的是，我什么时候能见到格劳恩夫人。"

"很快，"勒塞尔夫太太说，"她这会儿不在巴黎，可是我想你可以明天再来。是啊，我想那时就行了。她甚至可能今天夜里就回来。"

"我可以请求你，"我说，"给我多讲一点她的事吗？"

"哦，那很容易，"勒塞尔夫太太说，"她是个好歌手，唱茨冈歌曲，你知道吗，那种类型的歌。她长得格外漂亮。Elle fait des passions。[2] 我特别喜欢她，而且我在这个公寓里有一个房间，我每次来巴黎都住在这里。哎，你看，这儿有她的照片。"

她慢慢地、无声地穿过铺着厚地毯的客厅，然后拿起一个

1　法语，当然啦。
2　法语，她惹人爱慕。

摆在钢琴上的大相框，里面镶着照片。我盯着照片看了片刻，那张脸侧对着我，美丽而精致。我想，那面颊的柔和曲线和往上挑的幽灵般的眼眉颇有俄国人的特点。在那下眼皮上有一个光点，在丰满的深色嘴唇上也有一个光点。在我看来，那张脸上的表情既有迷茫又有狡黠，很奇怪。

"是啊，"我说，"是啊……"

"怎么？是她吗？"勒塞尔夫太太追问。

"也许是吧，"我回答，"我更想见她了。"

"我自己也要想法调查一下，"勒塞尔夫太太说，她显出密谋的迷人神态，"因为，你要知道，我认为，写一本关于你所了解的人的书，比把他们改头换面重新创造要诚实得多！"

我对她表示感谢，并像法国人那样告别。她的手非常小，当我无意间握得太紧时，她皱起眉头，因为她的中指上戴了一个有点棘手的大戒指。我也被扎得有点疼。

"明天，还是这个钟点。"她说，并温柔地笑了。她是个沉静的、走路悄无声息的好人。

到现在为止，我什么还都没了解到，可是我觉得我的计划进行得很顺利。现在就剩下莉吉雅·博希姆斯基了，探访了她我就放心了。当我根据手中的地址去拜访时，看门人告诉我那个女人几个月前就搬走了。他说，他认为她住在马路对面的一个小旅馆里。在那个旅馆，一个人告诉我她三个星期以前就搬走了，现在住在市中心的另一头。我问这个人是不是认为那女人是俄国人。他说她是俄国人。"是个肤色稍深的俊俏女人吧？"我试探地问，我使用的是夏洛克·福尔摩斯的计谋。"太对了。"他回答，这让我很失望（正确的答案可能是：啊，不对，她是个金发碧眼的白皮肤女人，长相很丑）。半个小时以后，我走进一所离桑代监狱不远的房子，那房子显得很幽暗。听到铃声前来开门的是一个上了年纪的胖女人，她的鲜橘黄色头发烫成了卷，双下巴有点发紫，涂了口红的嘴唇上方有些深色绒毛。

"我能和莉吉雅·博希姆斯基小姐说句话吗？"我说。

"C'est moi。[1]"她回答，带有浓重的俄国口音。

"那我去把东西拿过来。"我咕哝着匆匆离开了这所房子。我有时想，她现在可能还站在门口呢。

第二天我再去冯·格劳恩夫人的公寓时，女仆把我引进了另一个房间——类似贵妇人的小客厅，经过精心装饰，显得很漂亮。前一天我就注意到公寓里特别热——外面的天气虽然潮湿，但还说不上阴冷，所以暖气烧得那么热似乎过于夸张了。她们让我等了很长时间。靠墙的螺形托脚小桌上摆着几本有些旧的法国小说，大都是获文学奖的作家的作品，还有一本被翻旧了的书，是阿克谢尔·蒙特[2]医生写的《圣米凯莱的故事》。

---

1 法语，我就是。

2 Axel Munthe（1857—1949），瑞典医生、精神病学家和作家。他的《圣米凯莱的故事》叙述他在巴黎、罗马等地行医的经历和在意大利卡普里岛的别墅过半退休生活的经历。

一束康乃馨插在一个自惭形秽的花瓶里。桌上还零散地放着几件易碎的小饰品——大概质量很好，很昂贵，不过我总是和塞巴斯蒂安一样，对玻璃制品和瓷器有一种几乎是无法抑制的厌恶。最后的但并非最不重要的一点是，屋里有一件仿制的抛光家具，里面放着我觉得最最可怕的东西：一台无线电收音机。不过总的来看，海伦·冯·格劳恩似乎是个"有品位、有教养"的人。

房门终于打开了，我前一天见过的那个女人侧着身子进来了——我说她侧着身子，是因为她正回头往下看，跟谁说着什么。原来她是跟一只长着蛤蟆脸、喘着粗气的黑色牛头犬说话，那只狗好像很勉强地摇摆着走进来。

"记住我的蓝宝石吧，"她一边说一边向我伸出冰凉的小手。她在蓝沙发上坐下，又把那只粗壮的狗拉到跟前，"Viens, mon vieux[1]，"她喘着气说，"viens。海伦不在家，这狗想她都想得憔悴了。"她说，同时让狗在靠垫之间舒服地躺下。"很遗憾，你知道吗，我以为海伦今天早上会回来，可是她从第戎[2]打来电话说星期六才能回来（今天是星期二）。我非常抱歉。我不知道怎么和你联系。你很失望吧？"——她看着我，两只手握在一起托着下巴，那被天鹅绒衣袖紧裹着的两个瘦削的胳膊肘撑在膝盖上。

1　法语，过来，我的老弟。
2　Dijon，法国勃艮第大区首府。

"既然这样，"我说，"如果你再给我讲点格劳恩夫人的事，我也许能得到点宽慰。"

不知是什么原因，那个地方的氛围莫名其妙地促使我说话做作起来，行动也做作起来。

"还有，"她说，一面竖起一根有尖指甲的手指头，"j'ai une petite surprise pour vous.[1] 可是咱们先喝茶吧。"我明白这一回我无法逃脱喝茶的闹剧了；女仆确实已经推进来一个活动小桌，上面有闪光的茶具。

"让娜，放在这儿，"勒塞尔夫太太说，"对，这就行了。"

"现在你必须尽可能明确地告诉我，"勒塞尔夫太太说，"tout ce que vous croyez raisonnable de demander à une tasse de thé.[2] 如果你在英格兰住过的话，我猜你喜欢在茶里放奶油。你看起来像英国人，你知道吗。"

"我更愿意像俄国人。"我说。

"很抱歉，我不认识任何俄国人，当然除了海伦以外。我觉得这些饼干很有意思。"

"你所说的惊喜是什么？"我问。

她看人的样子十分可笑，她全神贯注地看着你——虽然不直视着你的眼睛，但盯着你的脸的下部，好像那里有个面包渣或什么东西应该擦掉似的。对于一个法国女人来说，她化的妆

---

1 法语，我要给你一个小小的惊喜。
2 法语，在喝茶的时候您认为有理由询问的所有的事。

176

是比较淡的，我认为她那透明的皮肤和黑头发很有吸引力。

"啊！"她说，"海伦打电话来的时候，我问了问她，而——"她停下来，好像在欣赏我急不可待的神情。

"而她回答，"我说，"她从来没听过那个名字。"

"不是，"勒塞尔夫太太说，"她只是笑，可是我明白她的笑是什么意思。"

我想，我当时站了起来，在屋子里走来走去。

"唔，"我最后说，"这不是一件值得笑的事，对吧？难道她不知道塞巴斯蒂安·奈特死了吗？"

勒塞尔夫太太闭上天鹅绒般的黑眼睛，默默地表示"知道"，然后又看着我的下巴。

"你最近见到她了吗？我是说，一月份塞巴斯蒂安去世的消息见报的时候你见到她了吗？她不感到遗憾吗？"

"嘿，我亲爱的朋友，你也太天真了，"勒塞尔夫太太说。"世上有很多种爱，也有很多种悲伤。让我们暂且设想海伦就是你找的人。可是我们为什么就应该设想她爱塞巴斯蒂安到了为他的死而难过的程度呢？或者说，她也许确实爱塞巴斯蒂安，但是她对死亡有特殊的看法，不赞成歇斯底里的表现呢？我们怎么知道这种事？那是她个人的事。我猜她会告诉你的，可是在她告诉你之前你就侮辱她，这是不公正的。"

"我并没有侮辱她呀，"我喊道，"如果我的话听着不公正，我很抱歉。可是请你谈谈她的情况吧。你认识她多长时间了？"

"啊，我有好几年没看见她了，今年才看见——她常常旅行，你知道吗——可是我们以前上过同一所学校——就在巴黎这儿。我想，她的父亲是个俄国画家。她和那个傻瓜结婚的时候还很年轻呢。"

"哪个傻瓜？"我问。

"唔，当然是她的丈夫。虽然大多数丈夫都是傻瓜，可那人是个 hors concours[1]。幸运的是，那段婚姻没持续多长时间。抽一支我的烟吧。"她把自己的打火机也递给了我。那只牛头犬在睡梦中低声叫起来。勒塞尔夫太太在沙发上挪动了一下，缩回两腿，给我让出点地方。"你好像不大了解女人，是吧？"她摸着脚后跟问。

"我只对一个女人感兴趣。"我回答。

"你多大岁数？"她接着问，"二十八岁？我猜对了吗？不对？啊，那你比我大。可是没关系。我刚才跟你说什么来着？……我知道一点她的事——她本人给我讲的，还有我偶然听说的。她唯一真正爱的是一个已婚的男人，那是在她结婚以前，要知道那时候她不过是个很瘦的姑娘——而那男人对她厌倦了或者怎么的了。在那以后她有过几次恋爱，可是这无关紧

1　法语，不列入比赛者，指因成绩显著，或已得过奖，或本人是评委而不列入比赛的人，此处似有"比谁都傻"之意。

要。Un coeur de femme ne ressuscite jamais。[1] 后来她给我详细讲了一件事——可以说是个伤心的故事。"

她笑了起来。她的牙齿有点大，与没有血色的小嘴很不相称。

"看你的样子，好像我的朋友是你自己的恋人似的，"她开玩笑地说，"顺便问一句，你怎么搞到这个地址的——我是说，是什么促使你来找海伦的？"

我告诉她我在布劳贝格找到四个地址的事。我说了那四个人的名字。

"那可太棒了，"她喊道，"那就是我所说的精力旺盛！Voyez vous ça！[2] 你去了柏林？她是个犹太人？太可爱了！你也找到其他两个人了吗？"

"我见到了一个，"我说，"那就够了。"

"哪一个？"她问，口气里透出一丝抑制不住的快乐，"哪一个？那个姓列齐诺伊的女人？"

"不是，"我说，"她的丈夫已经再婚了，她已经消失了。"

"你可真行，你可真行啊，"勒塞尔夫太太说，她擦着眼睛，又发出一阵一阵的笑声。"我可以想象你闯进门，遇到一对毫不知情的夫妇。啊，我从来没听说过这么滑稽的事。他的妻子把你扔到楼梯底下了，还是怎么着了？"

1　法语，女人的心永远不会复原。

2　法语，您看看！

"我们别说这事了。"我唐突地说。我已经看够了那个女人高兴的样子。可以说，对待婚姻问题她有法国人的幽默感，如果在别的时候，这种幽默感可能对我也有吸引力；可是现在我觉得，她对我做的调查所持的这种轻浮低俗的观点，在某种程度上亵渎了我对塞巴斯蒂安的怀念。由于这种感觉在加深，我突然想，也许这整件事都是低俗的，我为了捕捉一个鬼魂所做的笨拙努力，已经淹没了我对塞巴斯蒂安的最后一段恋情可能形成的任何想法。或者塞巴斯蒂安是否会因为我替他进行的探索有古怪的一面而感到可笑呢？这位传主是否会发现里面有那种能完全弥补粗心作者错误的特殊的"奈特式突然转折"？

"请原谅我，"她说，一面把冰凉的手放在我的手上，并低下眉毛看着我，"你不必这么动感情嘛，你知道吗？"

她很快地站起来，走向屋角的那件红木家具。她弯腰时，我看见她那姑娘般的瘦瘦的后背——我猜到了她要做什么。

"不要，不要那个，看在上帝的分上！"我喊道。

"不要？"她说，"我本想有一点儿音乐能让你放松。而且一般来说能给我们的谈话创造合适的气氛。不要吗？好吧，就听你的。"

牛头犬抖了抖身子又躺下了。

"这就对了。"她用一种哄小孩的娇嗔声音说。

"你刚才要告诉我什么事来着。"我提醒她。

"是啊，"她说着又在我身边坐下来，把一条腿弯到身子下面时抻了抻裙子的卷边，"是啊。你明白吗，我不知道那个男人是谁，可是我根据听说的情况猜想，他是那种很难相处的人。海伦说她喜欢那男人的长相、喜欢他的手和他说话的方式，她认为让他跟自己做爱会很好玩——因为，你明白吗，那男人看上去是那么聪慧，看见那种有教养的、冷漠的——聪明的家伙突然趴下来摇尾巴，总是很有趣的。你怎么啦，cher Monsieur[1]？"

"你说的都是什么呀？"我大喊，"在什么时候……在什么时候什么地点，发生的那件事？"

"Ah non merci, je ne suis pas le calendrier de mon amie. Vous ne voudriez pas![2] 我才不会费工夫去问她日期和人名呢，即便她主动告诉过我，我也记不住。现在，请别再给我提问题了：我要给你讲我所知道的事，而不是你想知道的事。我不认为那男人和你有亲属关系，因为他跟你那么不一样——当然啦，这不过是我的判断，根据海伦告诉我的情况和我观察到的你的情况。你是个热情的好孩子——可他呢，哼，他一点都不好——他发现自己爱上了海伦就变得邪恶极了。啊，不是，他并没有像海伦期望的那样变成一只伤感的小狗。他愤懑地告诉海伦，她很庸俗，很虚荣，然后吻了她一下，目的是确认她不是个瓷人。啊，海伦当然不是瓷人。那男人很快就发现自己没有海伦就不

1 法语，亲爱的先生。
2 法语，啊，对不起，我不是我朋友的记事本。您别怪我！

能生活，海伦很快就发现自己听腻了他谈自己的梦想、梦想里的梦想、梦想里的梦想里的梦想。你要注意，这两个人我谁都不谴责。也许两个人都有道理，也许都没道理——可是，你明白吗，我的朋友不是个普通女人，不像那男人想的那样——啊，她很不一般，她对生活、死亡和世人的了解比他自认为了解的还要多一些。你知道吗，那男人是这样一种类型的人：他认为一切现代的书籍都是垃圾，一切现代的年轻人都是傻瓜，只因为他过于注意自己的感觉和想法，不理解别人的感觉和想法。海伦说，你无法想象他的情趣和他的突发奇想，以及他谈起宗教时的样子——我猜一定让人害怕。你知道吗，我的朋友现在，或者说过去，是很快乐的，très vive[1]，还有更多诸如此类的特点，可是每一次那男人来，她都感觉自己变老了，变得郁闷了。因为，你知道吗，那男人和她待不了多长时间——他总是à l'improviste[2]来了，重重地往坐垫上一坐，手里还握着手杖的球形把手，也不摘手套——并且忧郁地瞪大眼睛。海伦很快就结识了另一个男人，那人崇拜她，而且哎呀，比那个你错认为是你哥哥的人（请别生气地看着我）要体贴得多，和善得多，周到得多，可是海伦对这两个男人都不喜欢；她说，看见他们两人遇见时相互彬彬有礼的样子，真让人发笑。她喜欢旅行，可是每次她找到一个真正好的地方，可以在那里忘掉她的

1　法语，非常有活力。
2　法语，出其不意地。

麻烦和一切事的时候，你认为是你哥哥的那个男人就会再一次使美景黯然失色，他坐在露台上她的饭桌旁，说她自负而庸俗，还说离了她没法活。要不然，他就发表一通言论，当着她朋友的面——你知道吗，des jeunes gens qui aiment à rigoler[1]——他会讲很长时间，内容让人费解，关于烟灰缸的形状或时间的颜色——最后只剩下他一个人坐在椅子上傻笑，或给自己摸脉。如果他真是你的亲属，我很遗憾，因为我认为海伦并没有保留那段日子留下的特别令人愉快的纪念物。她说，那男人最后变成了一个让人讨厌的人，她再也不让他碰自己了，因为他激动的时候会抽风还是怎么的。终于有一天，当海伦得知他要坐当夜的火车到达的时候，她叫一个愿意做任何事来讨好她的小伙子去见他，告诉他海伦永远不想见他了，如果他还要设法找她，就会被她的朋友们当做来找麻烦的陌生人而受到相应的对待。我认为海伦这样做不够仁义，可是她认为从长远看这样对那男人更好些。这个计谋还真起了作用。那男人甚至没有再给她寄往常那种求情信，那种信件海伦是从来不看的。不会的，不会的，说真的，我认为那不可能是你所说的人——如果说我跟你说了所有这些事，那只是因为我想给你描绘海伦——而不是她的恋人们。海伦那么有活力，那么愿意让每个人都高兴，那么充满 vitalité joyeuse qui est, d'ailleurs, tout-à-fait conforme

---

1　法语，那些爱开玩笑的小伙子。

à une philosophie innée, à un sens quasi-religieux des phénomènes de la vie[1]。这说明什么呢？事实证明，她喜欢的男人都是让人沮丧失望的人，所有的女人都是故意说刻薄话的人，只有几个人例外。她在一个千方百计摧毁她的世界里尽力寻求快乐，耗费了生命中最好的时光。好了，你会见到她的，你可以自己判断这个世界是不是成功了。"

我们沉默了很长时间。上帝啊，我任何疑虑都没有了，尽管她描绘的塞巴斯蒂安形象很可怕——可我还是间接地得到了。

"是啊，"我说，"我要见到她，不惜一切代价。这有两个原因。第一，因为我想问她一个问题——仅仅一个问题。第二……"

"说呀，"勒塞尔夫太太抿着已经变凉的咖啡说，"第二呢？"

"第二，我很迷惑，很难想象这样的女人怎么能吸引我哥哥；所以我想亲眼见见她。"

"你是不是说，"勒塞尔夫太太问，"你认为她是一个可怕、危险的女人？ Une femme fatale[2]？因为，你知道吗，不是那样的。她是个规矩的好女人。"

"咳，不是，"我说，"不是可怕，不是危险。可以说是聪明，以及类似的特点。可是……我必须亲眼见一见。"

---

1 法语，快乐的生命力，况且这种生命力与一种天赋的哲学完全相符，与一种对于生活现象的近似于宗教的观念完全相符。
2 法语，带来灾难的女人，指非常漂亮的性感女人，能吸引男性，又给他们带来麻烦。

"只要活着，就会看见，"勒塞尔夫太太说，"喂，注意啦，我有一个建议。我明天要出门。如果你星期六来这儿，海伦恐怕会很忙——她总是忙来忙去的，你知道吗——那她就会叫你第二天再来，而她忘记第二天要去我乡下的住所，要住一个星期：因此你又见不到她了。换句话说，我想你最好也去乡下我的住处。因为那样你就肯定能见着她了。所以我的建议是：你星期天上午去——而且愿意住多久就住多久。我们有四间多余的卧室，我想你会住得舒服的。然后，你知道吗，如果我事先跟她说一下，她的情绪会好一些，会适合跟你谈话。Eh bien, êtes-vous d'accord ？[1]"

---

1 法语，嗨，好了，您同意吗？

一七

　　我细细一想，觉得很奇怪：在尼娜·列齐诺伊和海伦·冯·格劳恩之间——或至少是尼娜的丈夫和海伦的朋友给我描绘的这两个人的形象之间——似乎有一点家族的相似之处。在这两个女人之间没有多少可选择的。尼娜很肤浅，神秘莫测；海伦很狡黠，心肠硬；两个人都很轻浮；没有一个符合我的情趣——我也不认为她们符合塞巴斯蒂安的情趣。我怀疑这两个女人在布劳贝格就认识；她们会相处得很好的——这是从理论上讲；在现实中，她们很可能会生气地相互指责，或相互吐唾沫。另一方面，我现在可以完全放弃列奇诺伊这条线索了——我感到很松心。那个法国姑娘给我讲的她朋友的恋人的情况，不可能是巧合。在得知塞巴斯蒂安曾受到什么样的对待以后，我无论产生了什么样的感情，都不由自主地感到满意：我的探访快要结束了，我也用不着去完成挖掘保尔·保利奇的前妻那项无法完成的任务了，根据我的了解，那位前妻可能在监狱里，也可能在洛杉矶。

　　我知道命运给了我最后的机会，由于我急于确保我能和海伦·冯·格劳恩取得联系，我费了很大的劲给她写了一封信，寄到她在巴黎的地址，这样她一回巴黎就能看到信了。我的信很短：我只是告诉她，她的朋友请我去莱斯科[1]做客，我已接受了邀请，唯一的目的是在那里见到她；我还说我有一件文学方面的重要事情要与她商讨。最后这句话虽然说得不够诚实，可是我认为听着很诱人。我不太清楚她的朋友在她从第戎打来电话时是否已告诉她我想见她了。我很害怕到了星期天勒塞尔夫太太会冷漠地告诉我，海伦已经去尼斯了。寄完那封信，我觉得，不管怎么说，我已经做了能做的一切来确定我们的约会。

星期天，我早上九点就动身了，以便按照事先的安排在中午前后到达莱斯科。我已经登上了火车，突然震惊地意识到，我会路过圣达姆耶镇，塞巴斯蒂安就是在那里去世的，并且埋葬在那里。我曾经在一个难忘的夜里乘车到过圣达姆耶。可是现在我什么都认不出来了：当火车在圣达姆耶的小站台旁停靠一分钟的时候，只有站台的铭牌告诉我，我曾经来过这里。与我记忆里挥之不去的那个扭曲的梦幻印象相比，这个地方看起来是那么朴素、古板、真切。或者是它现在扭曲了？

火车继续前行时，我莫名其妙地松了一口气：我不再重走两个月前走过的可怕路线了。天气很好，每次火车停下时，我似乎都能听见春天轻微均匀的呼吸声，春天虽然还看不见，但无疑已经到了：像"在舞台两侧等待上场的四肢发凉的年轻芭

1　Lescaux，法国地名，以拥有史前洞穴著称。

蕾舞女演员"，正如塞巴斯蒂安所说。

勒塞尔夫太太的房子很大，很破旧。有二十来棵长得不好的老树就算是公园了。房子的一边是田地，另一边是小山，山上有一个工厂。这里的一切都呈现出疲惫、破败、灰暗的样子；后来，当我知道这栋房子是三十多年前盖的，我对它的破旧状况更感到惊讶。我往房子正门走的时候遇见了一个男人，他正沿着鹅卵石步道走过来，脚下发出咔嚓咔嚓的声音；他停下来和我握手。

"Enchanté de vous connaître[1]，"他说，并用忧郁的眼神上下打量着我，"我的妻子正在等你。Je suis navré[2]……可是今天我必须去巴黎。"

他是个相貌平平的法国中年人，眼睛露出疲乏的神情，微笑起来很自然。我们又握了一次手。

"Mon ami[3]，你要赶不上火车了。"勒塞尔夫太太清晰的声音从阳台上传来，于是那个男人顺从地快步走了。

勒塞尔夫太太今天穿了一件黄褐色连衣裙，虽然她的嘴唇涂得很鲜艳，可是她没有想到往自己半透明的脸上涂点什么。阳光给她的头发染上一层发蓝的光泽，我不由自主地想，她毕竟是个年轻漂亮的女人。我们悠闲地穿过两三间屋子，它们仿

---

1 法语，很高兴认识您。

2 法语，我很抱歉。

3 法语，我亲爱的。

佛已把"客厅"的概念大致平分了。我的印象是，在这所令人不愉快的、布局凌乱的房子里只有我们两个人。她拿起一条放在绿色绸面长沙发上的大披肩围在身上。

"真冷啊，"她说，"我生活中就恨一件事——冷。你摸摸我的手。它们总是这样，除了在夏天。午饭一会儿就准备好了。请坐吧。"

"她具体什么时间来？"我问。

"Ecoutez[1]，"勒塞尔夫太太说，"你就不能忘掉她一会儿，跟我谈点别的事吗？ Ce n'est pas très poli, vous savez。[2] 给我讲讲你自己吧。你住在哪儿？你做什么工作？"

"她今天下午会来吗？"

"会的，会的，你这个顽固的人，Monsieur l'entêté。[3] 她肯定来。别那么着急。你知道吗，女人都不大喜欢有 idée fixe[4] 的男人。你喜欢我丈夫吗？"

我说，他一定比她大很多。

"他心眼好，可是很烦人，"她接着说，并哈哈大笑，"我故意把他打发走了。我和他虽然才结婚一年，可已经觉得像钻石婚[5]了。我讨厌这所房子，你呢？"

---

1 法语，您听着。

2 法语，您要知道，这样不大礼貌。

3 法语，顽固先生。

4 法语，固定不变的想法。

5 diamond wedding，结婚六十周年纪念。

我说，这房子好像很陈旧。

"啊，'陈旧'这词不恰当。我第一次看见这房子的时候，它看着挺新的。可是从那时候开始，它就逐渐褪色，逐渐破败了。我曾经对一个医生说，如果我去摸所有的花，它们都会枯萎，除了石竹和黄水仙以外——这是不是很怪？"

"他说什么了？"

"他说他不是博物学家。过去有个波斯公主像我一样。她把宫廷花园里所有的花都弄枯萎了。"

一个表情严肃、年纪较大的女仆往屋里看了看，并对女主人点了点头。

"来吧，"勒塞尔夫太太说，"从你的脸判断，Vous devez mourir de faim[1]。"

我们两人走到门口时突然撞在了一起，因为我跟在她后面走，可是她突然转了身。她抓住我的肩膀，头发蹭到了我的脸。"你这个笨手笨脚的年轻人，"她说，"我忘记拿药了。"

她找到了药，于是我们在房子里转悠着找饭厅，最后找到了。那是一个昏暗的地方，有一个凸肚窗，看来那窗户似乎在最后一瞬间改了主意，半心半意地试图恢复到普通窗户的状态。有两个人从不同的门口慢慢地走了进来，没有说话。一个是老妇人，我猜她是勒塞尔夫先生的堂姐。她很少和人交谈，

---

1 法语，您大概饿得要命了。

只是在传递食品时才客气地轻声说两句。另一个是相当英俊的男子，他穿着一条灯笼裤，面部表情庄重，稀疏的金黄头发里有一缕奇怪的灰发。整个午饭期间，他没有说一句话。勒塞尔夫太太介绍客人的方式只是匆忙地做个手势，并不注重介绍姓名。我注意到在饭桌上她完全无视那个男子的存在——还注意到那个男子好像是单独坐的，与别人不挨着。午餐的饭菜做得很好，但是摆放无序。不过那酒还是蛮不错的。

我们推盘换盏，吃完第一道菜以后，那位金发碧眼的先生点了一支烟卷，溜达着走了。过了一会儿，他又拿着烟灰缸回来了。这时，一直在专心吃饭的勒塞尔夫太太看着我说：

"这么说你最近去了很多地方吧？你知道，我从来没去过英格兰——不知为什么，就是没去过。英格兰好像是个很乏味的地方。On doit s'y ennuyer follement, n'est-ce-pas？[1] 还有那浓雾……没有音乐，没有任何种类的艺术……这是一种做兔肉的特殊方法，我想你会喜欢的。"

"顺便问一句，"我说，"我忘了告诉你，我给你的朋友写了一封信，告诉她我会来这儿，而且……就是提醒她，让她来这儿。"

勒塞尔夫太太放下刀叉。她看起来很惊奇，很生气。"但愿你没写！"她喊道。

---

1 法语，如果我在那儿，一定会特别烦恼，是不是？

"可是写了也没害处，是吧？或者你认为——"

我们在一片静默中吃完了兔肉。巧克力冰淇淋端上来了。那位金发先生仔细地折好餐巾，塞进一个圆环里，然后站起来，对女主人有礼貌地点了头就退席了。

"我们在休息室喝咖啡，"勒塞尔夫太太对女仆说。

"我很生你的气，"我们坐下以后她说，"我认为你把一切都搞糟了。"

"怎么，我干什么了？"我问。

她扭脸往旁边看。她那硬实的小胸脯上下起伏（塞巴斯蒂安曾写道，这种事只在书里才有，可是眼前的情况证明他的想法错了）。她那女孩子般的苍白脖子上的青筋似乎在微微颤动（可是我不太肯定）。她的眼睫毛上下颤动。是啊，她绝对是个漂亮女人。我寻思，她是不是来自法国南部呢？也许来自阿尔勒[1]。可是不对，她有巴黎人的口音。

"你是在巴黎出生的吗？"我问。

"谢谢你，"她说，仍然不看我，"这是你问的第一个关于我的问题。可是这不能弥补你的过错。那是你可能做过的最傻的事。也许，如果我想法子……对不起，我过一会儿就回来。"

我往后坐了坐，抽起了烟。尘土在一束斜射进来的阳光里涌动；烟草的清烟也加入其中，轻轻地、悄悄地缭绕，仿佛它

1　Arles，法国东南部城市。

们随时都能构成一幅生动的画面。我在这里再说一遍，我不愿意在这几页里写下任何涉及我本人的事；可是我想，如果我说一点，可能会让读者（谁知道呢，也许还有塞巴斯蒂安的幽灵）感到很有趣，那就是：在一刹那间我很想和那女人做爱。确实非常奇怪——在那同时，她又让我心烦意乱——我指她先前说的那些话。我不知怎么就失去了控制力。当她回来的时候，我心里颤了一下。

"看看你干的好事吧，"她说，"海伦不在家。"

"Tant mieux[1]，"我回答，"她说不定正在来这里的路上，说真的，你应该明白我多么着急见她。"

"可是你为什么一定要给她写信！"勒塞尔夫太太喊道，"你根本不认识她。我已经向你保证过她今天会来这儿的。你还想怎么着？如果你不相信我，如果你想控制我——alors vous êtes ridicule, cher Monsieur。[2]"

"啊，请注意，"我很诚恳地说，"我从来没有那样想过。我当时只是想，哎……正如我们俄国人常说的，黄油不会影响稀饭。"

"我想，我不大喜欢黄油……也不大喜欢俄国人。"她说。我能怎么办呢？我瞟了瞟她的手，那只手就放在我的手旁边。她的手在轻轻颤抖，她的连衣裙很薄——我感到有一股奇怪的

1　法语，太好了。
2　法语，那您就太可笑了，亲爱的先生。

凉气顺着脊柱往下走，使我微微颤抖，不是因为天气冷。我该吻她的手吗？我能做到彬彬有礼而不觉得自己是傻瓜吗？

她叹了口气便站了起来。

"唉，什么办法都没有了。我很抱歉，你已经让她反感了，即便她真的来——唉，不会的。我们走着瞧吧。你愿意去我们的领地转转吗？我想在外边要比在这所让人难受的房子里——que dans cette triste demeure[1]——要暖和些。"

这块"领地"包括先前我已经注意到的花园和小树林。周遭非常寂静。黑色树枝上散布着绿色斑块，似乎在听从自己内在生命的呼唤。有某种可怕、沉闷的东西悬浮在这个地方的上空。许多挖出的泥土堆在一面砖墙前，那神秘的园丁已经离去，把一个生锈的铁锹忘在那里。因为某种奇怪的原因，我回忆起了最近发生的一起谋杀案，凶手把受害人就埋在一个像这样的花园里。

勒塞尔夫太太没有说话；后来她说："如果你对过去的事如此小题大做，你一定很喜欢你的同父异母哥哥。他是怎么死的？自杀？"

"啊，不是，"我说，"他得了心脏病。"

"我还以为你要说他开枪把自己打死了呢。那会浪漫得多。如果你的书用一个床上的场景结尾，我会很失望的。夏天这里

1　法语，在这所让人难受的房子里。

有玫瑰花——这儿，在泥地上——可是别想再看见我在这儿消夏了。"

"我肯定永远不想用任何方法来伪造他的生活。"我说。

"啊，好吧。我过去认识一个人，他发表了已故妻子的信，并散发给他的朋友们。你为什么设想你哥哥的传记会让人们感兴趣呢？"

"你难道没读过……"——我刚说到这儿，一辆看着高档但溅满泥点的小汽车突然停在院子门前。

"啊，天啊。"勒塞尔夫太太说。

"也许是她。"我叫了起来。

一个女人已经钻出了汽车，踩进一个水洼里。

"对，是她，没错，"勒塞尔夫太太说，"现在请你站在原地别动。"

她挥着手，沿着小路跑过去，到了来人面前吻了她，并领着她往左边走，消失在一个灌木丛后面。过了一会儿，我又看见了她们，她们已经绕过了花园，正在上台阶。她们消失在房子里了。我并没有看清楚海伦·冯·格劳恩，只看见了她那敞开的毛皮大衣和颜色鲜艳的围巾。

我找到一张石长椅坐了下来。我很激动，很得意，因为我终于捕捉到了我的猎物。石长椅上有一根藤手杖，不知是谁的，我用它戳着肥沃的棕色泥土。我成功了！等我和她谈过话之后，夜里就回巴黎，而且……一个不同凡响的奇怪念头，像一个被偷换的小孩、一个全身颤抖的傻瓜，悄悄地溜进我的脑海，与其他念头掺和在一起……我今天夜里回去吗？那句话是怎么说的来着，莫泊桑那篇二流小说里一个人物气喘吁吁地说过的话："我忘记带一本书了。"可是我也在忘记带我的书。

"哎呀，你在这儿呢，"我耳边响起勒塞尔夫太太的声音，"我以为你已经回家了。"

"哎，一切都顺利吧？"

"太不顺利了，"她平静地回答，"我不知道你在信里怎么写的，可是她认为那是关于一桩她正在安排的电影事务。她说你骗了她。现在你按我说的去做。今天、明天或者后天都别和她说话。可是你还住在这里，要对她特别好。她已经答应把一切情况都告诉我，过后你也许能和她谈话。这个交易怎么样？"

"你真是太好了，让你费心了。"我说。

她在长椅上挨着我坐下来，由于椅子很短，而我又很——唔——很壮实，她的肩膀碰到了我的肩膀。我用舌头舔湿了嘴唇，用手里拿的藤手杖在地上画着道道。

"你想画什么？"她问，然后清了清嗓子。

"画我的思想的波纹。"我傻乎乎地回答。

"很久以前，"她温柔地说，"我吻了一个男人，只因为他会倒着写自己的名字。"

藤手杖从我手里掉到地上。我直直地瞪着勒塞尔夫太太。

我凝视着她那平展白净的额头，我看见她的紫罗兰色的眼皮，她大概是因为对我的凝视产生了误解才低下眼皮的。当她低下长满黑发的头时，我看见她苍白面颊上的浅色小胎记、精致的鼻翼、撅起的上唇，看见她喉部无光泽的白色，还看见她的细手指头上涂成玫瑰红色的指甲。她仰起了脸，她那双天鹅绒般的奇特眼睛看着我的嘴唇，眼中虹膜的位置比平时稍高一点。

我站了起来。

"怎么啦？"她说，"你想什么呢？"

我摇了摇头。可是她猜对了。我确实是在想事——我必须马上解决的事。

"怎么？咱们进去吗？"她问，当时我们正沿着小路往回走。

我点了点头。

"可是她一时半会儿下不了楼，你知道吗？告诉我你为什么不高兴了？"

我想，我当时停下了脚步，又瞪着她，这一次我瞪着她那裹着黄褐色连衣裙的苗条小身材。

我沉思着继续往前走，那条洒满阳光的小路似乎在对我皱眉头。

"Vous n'êtes guère aimable。[1]"勒塞尔夫太太说。

1　法语，您可不太让人喜欢。

露台上有一张桌子和几把椅子。我在午餐时见过的那位沉默的金发先生坐在那里察看他的手表指针。我坐下时笨拙地碰了他的胳膊肘，他一松手，一个很小的螺丝钉掉在地上。

我向他道歉时，他说："Boga radi[1]（没关系）。"

（啊，他是俄国人，对吧？好，这对我有帮助。）

勒塞尔夫太太背对着我们站着，轻声哼着小曲，一只脚轻轻地跺着地上的方形石板。

就在那个时候，我转向我那位沉默的同胞，他正呆呆地看着他的停摆的手表。

"Ah-oo-neigh na-sheiky pah-ook。[2]"我轻声说。

那位太太把手向上一挥，去摸自己的脖子后面，她转过身来。

"Shto[3]（什么）？"我那位迟钝的同胞问，同时扫了我一眼。然后他看着那位太太，很不自在地咧嘴笑了，并摆弄着他的手表。

"J'ai quelque chose dans le cou[4]⋯⋯我脖子上有点什么东西，我感觉到了。"勒塞尔夫太太说。

"事实上，"我说，"我刚才告诉这位俄国先生，我以为你的脖子上有个蜘蛛。可是我看错了，那是光线玩的小把戏。"

---

1 用拉丁字母转写的俄语，看在上帝的面上。此处意为没关系。
2 用拉丁字母转写的俄语，哎哟—脖子—蜘蛛。
3 用拉丁字母转写的俄语，什么。
4 法语，我脖子上有点什么东西。

"咱们放张唱片好吗？"她快乐地说。

"很抱歉，"我说，"可是我必须回家了。你会原谅我的，是不是？"

"Mais vous êtes fou[1]，"她喊道，"你疯啦，你不是想见我的朋友吗？"

"也许改日吧，"我安慰地说，"改日吧。"

"你告诉我，"她说，并跟着我走进花园，"到底怎么啦？"

"你倒是挺聪明的，"我用我们的随意而高雅的俄语说，"你倒是挺聪明的，让我相信你是在谈论你的朋友，实际上你一直在谈自己的事。要不是命运推了推你的胳膊肘，这个小小的恶作剧还会持续很长时间，现在你吓得把凝乳和乳清都洒了[2]。因为我碰巧见过你前夫的堂弟，那个会写倒字的人。所以我试探了一下。当你下意识地听到了我在一旁咕哝的俄语句子时……"其实这些话我一个字都没说。我只是礼貌地点点头便走出了花园。将来我会给她寄这本书，到时候她就明白了。

1　法语，啊，您疯啦。

2　此典故出自脍炙人口的英国儿歌《穆菲特小姑娘》："穆菲特小姑娘，坐在土墩上，/ 吃着凝乳和乳清；/ 小蜘蛛爬过来，坐到她身旁，/ 吓跑了穆菲特小姑娘。"

一八

　　我先前想问尼娜的那个问题始终没问。我本来想问她是否意识到那个让她如此厌烦的苍白憔悴的男人是当时最了不起的作家之一。问这个有什么用！对她这样的女人来说，书籍没有任何意义；在她看来，她自己的生活已包含了一百部小说所给人的激动和兴奋。假如罚她在图书馆里待一整天，不许出去，她到中午就会死的。我敢说塞巴斯蒂安在她面前从来不提自己的作品：如果谈的话，就像跟一只蝙蝠讨论日晷一样。所以咱们就让那只蝙蝠在逐渐加深的暮色中颤抖吧，让它转着圈地飞吧：它是在笨拙地模仿燕子。

　　塞巴斯蒂安在生命中最后的也是最伤心的日子里写下了《可疑的常春花》，这本书无疑是他的杰作。他是在什么地方写的这本书，又是如何写的呢？在大英博物馆的阅览室里（远离古德曼先生警惕的目光）。在巴黎的一个"酒吧间"（不是他的情人有可能光顾的那种地方）靠里边墙角的一张普通桌子旁边。在戛纳或瑞昂[1]某处罩在橘黄色太阳伞下的帆布椅子上，当时他的情人和她那帮朋友抛开他到别处纵情玩乐去了。在一个不知名的火车站的候车室里，在两次心脏病发作的间隔当中。在一个旅馆里，伴随着院子里洗盘子的叮当声。在我只能大致猜测的很多别的地方。这部书的主题很简单：一个男人即将死去：你能感觉到他在书中每况愈下；他的想法和回忆充满全书，有时清晰，有时模糊（就像不均匀的呼吸，时起时伏），一会儿翻卷起这个意象，一会儿又翻卷起那个意象，让意象在风中飘浮，或者甚至把它甩到岸边，它似乎在那里移动，并自主生存了一会儿，很快又被灰色的海浪卷了回去，沉入海中或奇怪地变了形。一个男人即将死去，他就是这个故事的主人公；可是尽管书中其他人物的生活似乎完全是现实主义的（或至少在塞巴斯蒂安的意义上是现实主义的），读者却无法得知这个即将死去的人是谁，他的临终床摆在哪里或漂浮在哪里，或那是否真是床。这个男人等同于这本书；这书本身就在喘着大气，奄奄一息，并曲起一只吓人的膝盖。一个又一个思想意象冲击着意识的海岸，于是我们追溯着来到心间的事或者人：一条被毁的生命的零星残余；先是爬行而后展开带眼睛的翅膀的怠惰的想象人物。它们，也就是这些生命，不过是对主要题材的诠释。我们追溯那个和气的国际象棋选手施瓦兹老人，他在一幢房子的一个房间里，坐在一把椅子上，教一个孤儿如何走"骑士"这枚棋子；我们见到那个肥胖的波希米亚妇人，她那用廉价染发剂染过的不褪色的头发中有一缕灰发；我们倾听那个面色苍白的不幸的人在一间臭名昭著的酒馆里对着一个专

1　Juan，似为 Juan-les-Pins（瑞昂莱潘）的简称，法国东南部小镇、度假地。

注的便衣警察大声谴责压迫政策。那个身材修长的可爱的歌剧女主演在匆忙之中踩进了水洼，银鞋子也毁了。一个老人在啜泣，一个穿着丧服的嘴唇柔软的姑娘在劝慰他。瑞士科学家努斯鲍姆教授于凌晨三点半在一家旅馆的房间里枪杀了他的年轻情妇，并开枪自杀。这些人和其他人来来去去，开门关门，只要他们走的路上有光亮，他们就活着，他们继而会被小说的首要主题——一个男人即将死去的浪花所淹没。这个男人在一个可能是枕头的东西上动了动胳膊或转了转头；在他动的时候，我们一直注视着的这个或那个生命淡出了或变化了。在短暂的瞬间，这个男人的人性逐渐意识到自身的存在，于是我们感到自己正顺着这本书的主动脉流淌。"现在已经太晚了，'生命'的店铺已经关闭了，这时他感到很遗憾：他还没去买自己一直想买的某本书；他从未经历过地震、火灾、火车车祸；他从未到过西藏的打箭炉[1]，也从未听过蓝喜鹊在中国垂柳上叽叽喳喳；他还没跟他在寂寥的林中空地里遇见的那个眼无羞色、行为出格的女中学生说过话；他还没有因为一个羞涩丑陋的女人所开的无聊小玩笑而大笑过，因为那间屋子里没有人大笑；他曾经误过火车，误读过暗示，错过了许多机会；他还没有把口袋里的分币递给那个在街头颤抖着给他拉小提琴的老人，那老

1　Tatsienlu，藏语"打折诸"（意为"两河交汇处"）的音译，是康定市的旧称，位于四川省西部，在青藏高原—云贵高原与四川盆地的过渡地带。作者说打箭炉在西藏系误解。

人是他在阴冷的一天在某个被遗忘的小镇遇见的。"

塞巴斯蒂安·奈特一向喜欢同时表现多个主题，让它们碰撞，或者狡黠地把它们掺和在一起，让它们去表达那层暗含的意义，这层暗含的意义只能用一系列波浪来表达，正如要让一个中国浮标发出乐音只能靠海浪的波动一样。在《可疑的常春花》里，他的创作方法已经达到了完美程度。重要的不是各个部分，而是所有部分的总和。

塞巴斯蒂安似乎还有一种方法表达人体逐渐死亡的过程：几个步骤引入黑暗；大脑、肌肉和肺轮番行动。首先，大脑继续思考不同层次的思想——关于死亡的思想：在一本借来的书（见书中哲学家的故事）的边缘潦草记下的看似聪明的想法："死亡的吸引力：人体的生长被认为是倒挂式的，犹如一滴悬垂的水珠，逐渐拉长，最后跌落，完全消失。"还有许多诗学、宗教的想法："……极端的物质主义的沼泽，以及迪恩·帕克所谓的乐观神秘主义者所崇尚的金色乐园……""可是这个即将死去的人知道，这些都不是真正的思想；在关于死亡的概念当中只有一半可以说是真实存在的：问题的这一方面——那痛苦、那诀别、那生命的码头连同晃动的手帕一起缓缓离去：啊！如果他能看见沙滩消失的话，他就到达了彼岸；不，他还没到达彼岸——如果他仍在思考的话。"（因此，一个来送别朋友的人可能在甲板上待得太晚，但仍没成为旅行者。）

然后，疾病的魔鬼们用巨大的疼痛窒息了各种思想、哲学、推测、回忆、希望和悔恨。我们跟跄着，爬行着，穿过许多令人厌恶的风景，我们也不在乎去哪里——因为到处都是痛苦，只有痛苦。现在前面的方法被颠倒过来了。当我们跟着那些日趋暗淡的思想意象走进死胡同的时候，那些思想意象越来越淡，取而代之的是慢慢袭来并包围我们的可怕粗鲁的幻象：一个小孩受折磨的故事，一个逃离残酷国度的流亡者对先前生活的讲述，一个被打得鼻青脸肿的温顺的疯人，一个农夫使劲踢他的狗——实在是邪恶。然后疼痛也逐渐消失了。"现在他只觉得精疲力竭，对死亡不再感兴趣。"于是，"大汗淋漓的男人们在一个拥挤的三等车厢里打呼噜；于是一个学童趴在未完成的算术作业上睡着了。""我很累，很累……一个轮胎自动地转呀，转呀，一会儿摇晃，一会儿慢下来，一会儿……"

　　现在到了一波光线突然完全照亮这本书的时刻："……仿佛有人猛地打开了房门，屋里的人吓得站了起来，他们眨着眼睛，慌乱地抓起包裹。"我们觉得，我们处在某种绝对真理的边缘，那真理光彩夺目，同时又几乎朴素无华。作者使用了暗示性词语，用这个不可思议的技法让我们相信，他了解关于死亡的真理，并准备告诉我们。过了一会儿，我们将从这个句子的结尾、下个句子的中间，或再下面的句子里，了解到会改变我们一切概念的东西，仿佛我们发现用某种无人试过的简单方式动一动胳膊就可以飞翔。"最难解的死结不过是一条弯弯曲曲的绳子；那绳子对手指甲来说是粗糙的，可实际上不过是许多粗糙而优美的圆环。我们凭目光就能解开它，而用笨拙的手指头只会流血。他（那个即将死去的男人）就是那个死结，他马上就会被解开，如果他能设法看见并用目光追随那根绳子的话。不仅仅是他自己会被解开，一切——他按照我们幼稚的空间和时间观念可能想象出的一切都会被解开；由于空间和时间都是人类发明出来作为谜语的谜语，因此它们会回到我们身边：传播无稽之谈的回力镖[1]……现在他已经捕捉到了某种真正的东西，这种东西与他在生活的幼儿园里所学到的任何思想或情感或经验没有任何关系……"

　　所有生死问题的答案，即"毋庸置疑的谜底"，写在他所了解的世界各地：就像一个旅行者认识到他所俯瞰的乡野并不是各种自然现象的偶然集成，而是一本书中的一页；在这一页里，这些山脉和森林，还有田野，还有河流，都被上苍按照特殊的方式加以安排，构成了一句连贯的话；湖泊的元音与山坡的破擦辅音结合在一起；一条大路的诸多曲折路段用圆形字体写下它的信息，与你父亲写的字体一样清晰；树木通过哑剧表演来交谈，学过它们的语言姿势的人能够明白其中的含意……因此，那个旅行者只要拼读风景的词语就能揭示出风景的意义；同样，人类生活的错综复杂模式终归是字母组合图案，现在我们用心灵之眼去拆解这些交织的字母，图案就变得很清晰

1　boomerangs，澳大利亚土著人最先使用的狩猎工具，用弧形木片制成，抛出去后飞转一圈仍回到抛掷人面前。

了。至于词语，它显示出的意义简单得让人吃惊：也许最令人惊奇的是，一个人在他的世俗生命过程中，由于大脑被一个铁环紧紧围绕，被他自身的梦想紧紧围绕，他竟没有体验过简单的智力反射，这种智力反射本来会解放被囚禁的思想并给予它伟大的理解力。现在这个字谜解开了。"由于一切事物的意义照透了它们的形体，许多曾经显得万分重要的思想和事件逐渐缩小，但并未缩小到毫无意义的程度，因为现在什么东西都不可能毫无意义，而是缩小到与那些以往不受重视、现在又变得重要的其他思想和事件同等的程度。"因此，像科学、艺术或宗教这些由我们的大脑产生出的光辉的巨人离开了我们熟悉的分类体系，它们联起手来，混合在一起，快乐地变得平等了。因此，放在一张疲劳的长椅那油漆木板上的一个樱桃核及其小小的阴影，或一片碎纸，或几百万件其他琐事中任何一件这样的琐事，都变大了，大得惊人。这个世界经过重新塑造和重新组合之后，很自然地向灵魂显示了它的意义，就像它们两者的呼吸那么自然。

现在我们将要知道这个意义到底是什么；那个词语将要被说出来——而你，还有我，以及世上的每一个人将要拍自己的前额：我们真是傻瓜！作者似乎在他书中的最后一个转折处停了片刻，好像在思考讲出这个真理是否明智。他似乎抬起了头，离开了那个他一直跟踪其思想的即将死去的人，并转向别处去思考：我们要跟踪他到底吗？我们要小声说出那个会粉碎我们大脑的舒适和宁静的词语吗？我们要这样做。我们目前已经走得太远了，那个词语已经在形成，就要出来了。我们转过身，朝那张模糊的床，朝那个漂浮的灰色身形弯下腰——低一点，再低一点……可是那一分钟的疑虑是致命的：那个男人死了。

那个男人死了，可我们还不知道。河对岸的常春花仍像以往那样可疑。我们手里拿着一本死书。或者我们错了吗？我有时感觉，当我一页页地翻着塞巴斯蒂安的杰作时，那个"毋庸置疑的谜底"就藏在里面什么地方，就藏在我读得太匆忙的某个段落里，或者它与那些用熟悉的假象欺骗了我的其他词语纠缠在一起。我不知道有什么别的书能给我这样特殊的感觉，也许这就是作者的特殊意图吧。

我还清楚地记得我在一张英国报纸上看到《可疑的常春花》的宣传广告的那一天。我是在巴黎一家旅馆的前厅里偶然看到那份报纸的。当时我在等一个人，我的公司想说服他做一桩买卖。我不善于说服人，总的来说，我并不看好那桩买卖，觉得它并不像我的老板想的那么有前景。我独自坐在那个阴郁而舒适的大厅里，读着那家出版商的广告和用黑体字印的漂亮的塞巴斯蒂安的名字，此时我比以往任何时候都更羡慕他的命运。那时我不知道他在哪里，我至少有六年没见到他了，我也不知道他当时病得如此严重，生活如此潦倒。与此相反，他的书问世的广告在我看来是幸福的象征——我想象他站在某个俱乐部一间温暖的、令人愉快的屋子里，两手插进口袋，耳朵发亮，眼睛湿润发光，嘴唇上不时浮现一丝微笑——屋子里的其他人都站在他的周围，拿着盛满波尔图葡萄酒的玻璃杯，听着他的笑话并哈哈大笑。这虽然是个荒唐的画面，但是它那由衬衫的硬前胸、黑色晚礼服、颜色柔和的葡萄酒和轮廓明晰的面孔组成的颤动的图案一直在发光，就像你在杂志背面看到的那种彩色照片里的一张。我决定，等《可疑的常春花》一出版就去买一本，我过去总是马上买他的书的，可是不知为什么我特别急不可待地要买这本书。过了一会儿，我等的那个人很快就下楼来了。他是个英国人，也读过不少书。我们在谈那桩生意之前，谈了几分钟一般的事，我很随便地指了指报上的那则广告，问他是否读过塞巴斯蒂安写的书。他说读过一两本——《棱镜的什么东西》和《丢失的财物》。我问他是否喜欢那两本书。他说在某种程度上喜欢，可是在他看来，那位作者是个可怕的自负的人，至少在才智方面。我请他解释时，他又说，在他看来奈特一直在玩自己发明的游戏，却不肯把游戏规则告诉他的同伴。他说他喜欢能让人思考的书，而奈特的书不能让人思考——它们让你困惑，让你发火。然后他谈起另一位健在的作家，他认为那个作家比奈特要好得多。我利用谈话的间歇适时地和他谈起了生意。结果证明，这次谈话并没有像我的公司所期望的那样成功。

《可疑的常春花》得到了许多评论，大多数都是冗长的，不乏恭维之词。可是字里行间不时暗示，这本书的作者是个疲惫的作者，这似乎是说，他不过是个令人厌烦的人，只是换了说法而已。我甚至觉察出一丝同情的意味，好像他们知道作者的某些悲伤沮丧的事情，这些事情书里虽然没有写，但影响到他们对这本书的态度。有一个评论家甚至走了极端，他说他读这本书时，"感情是复杂的，因为对读者来说，坐在临终床边却弄不清作者究竟是那个医生还是那个病人，是很不愉快的经历"。几乎所有的评论都让读者明白，这本书篇幅有点过长，很多段落令人费解，而且无缘无故地让人恼火。所有的评论都称赞塞巴斯蒂安的"真诚"——无论这个词指什么。我常想，塞巴斯蒂安对这些评论是怎么想的呢？

我把自己那本《可疑的常春花》借给了一个朋友，他拿去了几个星期也没读，最后还丢在了火车上。我又买了一本，没再借给任何人。是啊，这本书是塞巴斯蒂安所有著作中我最喜欢的一本。我不知道它是否能让人"思考"，即使能的话我也不大在乎。我喜欢它是因为它本身的原因。我喜欢它表现的社会习俗。有时我告诉自己，要把它翻译成俄文不会太困难。

一九

　　我已经成功地勾勒出塞巴斯蒂安在生命最后一年——一九三五年中的大致生活情况。他逝世于一九三六年初，当我看着"1936"这个数字的时候，不禁想到，在一个人与他的去世日期之间有一种神秘的相似之处。塞巴斯蒂安·奈特，卒于一九三六年……在我看来，这个日期似乎是他名字的倒影，映在泛着微波的水潭之中。后三个数字"936"的弧线里有什么东西让我想起塞巴斯蒂安人格的弯曲有致的轮廓……正如我在写这本书的过程中经常努力做的那样，我在努力表达一个可能让他感兴趣的想法……如果我在书中有的地方没抓住哪怕是他思想的影子，或者说，如果我在无意识的精神活动支配下在他的私人迷宫里有时拐错了弯，那么我的书就是笨拙的，就是失败的。

　　《可疑的常春花》于一九三五年春天问世，与塞巴斯蒂安最后一次要见尼娜的努力恰逢同时。当尼娜派来的一个油头粉面的恶棍告诉他尼娜想彻底甩掉他时，他回了伦敦，在那里待了两个月；在此期间，他尽可能多地在公众场合露面，用这种可怜的方法来排解孤独。人们看见他那瘦削、悲伤、沉默的身影出现在这个地方或那个地方，脖子上总是围着一条围巾，就是在最暖和的餐厅里也如此。他总是心不在焉，总是委婉地拒绝与别人谈心；他常在聚会中溜达到别处，或是被人发现在儿童房里聚精会神地玩拼图游戏，这些都使女主人们恼怒。有一天，在查令十字街附近，海伦·普拉特看见克莱尔走进一家书店，几秒钟之后，她继续前行时碰见了塞巴斯蒂安。塞巴斯蒂安与普拉特小姐握手时，脸微微地红了，然后陪着她到了地铁车站。海伦·普拉特庆幸塞巴斯蒂安没有早一分钟出现，更庆幸的是，他并没有提过去的事。他反倒给她讲了一个复杂的故事，说到了前一天夜里两个男人如何在扑克牌桌上敲诈他的事。

"很高兴见到了你，"塞巴斯蒂安与她分手时说，"我想我就在这儿买吧。"

"买什么？"普拉特小姐问。

"我本来要去［他说了书店名］的，可是我知道在这个售货亭可以买到我想要的东西。"

塞巴斯蒂安常常去听音乐会，看话剧，并且常在半夜里和出租车司机一起在小咖啡亭里喝热牛奶。据说有一个电影他看了三遍——一个完全枯燥乏味的电影，名叫《被施了魔法的花园》。他去世两个月后，也就是我弄清了勒塞尔夫太太的真实面目后过了几天，我发现一家法国电影院放映那部电影，我坐在那里一直看到结束，唯一的目的是了解这部电影为什么那么吸引他。当电影演到一半的时候，故事背景转移到了里维埃拉，银幕上闪现出游泳者晒太阳的镜头，他们中间有尼娜吗？那裸露的肩膀是不是她的呢？我觉得里面有一个回头看摄影机的姑娘看上去很像她，可是防晒油、被晒黑的皮肤还有眼影，都是很好的伪装，可以让人认不出一张转瞬即逝的脸。八月份，塞巴斯蒂安病了一个星期，病得很重，但是他不肯按照奥茨医生的嘱咐卧床休息。九月份，他到乡下去看望一些人：他和他们并不太熟；他们只是出于礼貌才邀请他的，因为他无意中说过他在《闲谈者》杂志上见过他们房子的照片。他整个星期都在那所有点冷的房子里闲逛，其他的客人都相互认识，关系亲密。后来，在一天早上，他步行了十英里路去火车站，悄悄地回到城里，连晚礼服和盥洗用品袋都没拿。十一月初，他在谢尔顿的俱乐部里和谢尔顿一起吃午饭，他是那么少言寡语，他的朋友简直不明白他为什么要来。然后是一段空白。塞巴斯蒂安显然去了国外，可是我不相信他有明确的计划要再见尼娜，尽管他的不安情绪也许出于想见她的朦胧愿望。

一九三五年的冬天，我大部分时间在马赛打理我们公司的业务。一九三六年一月中旬，我收到了一封塞巴斯蒂安的信。很奇怪，信是用俄文写的。

"你知道吗，现在我在巴黎，估计将滞留 [zasstrianoo[1]] 一段时间。你如果能来，就到这儿来；如果不能来，我也不会生

1　用拉丁字母转写的俄语，滞留。

气；可是也许你来会更好。现在我感到很厌烦 [osskomina[1]]，因为几件棘手的事，特别是因为我蜕下的蛇皮 [vypolziny[2]] 的图案，因此我现在从那些明显的和普通的事物当中找到了富有诗意的慰藉，由于这样那样的原因我在生活历程中曾忽视了它们。比如说，我想问问你这些年来都在做什么，也想给你讲讲我自己的情况：我希望你干得比我好。最近我常去看斯塔洛夫老医生，他曾经给 maman[3] [塞巴斯蒂安如此称呼我妈妈] 治过病。一天夜里我在街上碰见了他，当时我不得不坐在一辆停在街边的小汽车的脚踏板上休息一会儿。他似乎认为我自从 maman 去世之后就一直在巴黎无所事事，我对他这样概括我的侨居情况表示同意，因为 [eeboh[4]] 在我看来，做任何解释都太复杂了。有一天你会偶然发现一些文件，你必须马上把它们烧掉；诚然，它们听见过 [有一两个字看不清，是 Dot chetu[5] 吗？] 的说话声，可是现在它们必须被处以火刑。我把它们保

---

1 用拉丁字母转写的俄语，厌烦。

2 用拉丁字母转写的俄语，（昆虫或蛇）蜕下的皮，此处为比喻用法，意为我过去的生活。

3 法语，妈妈。

4 用拉丁字母转写的俄语，因为。

5 用拉丁字母转写的俄语，那间屋子。根据本书德文译者迪特尔·齐默（Dieter E. Zimmer）介绍，作者纳博科夫的妻子薇拉曾解释说，如果把 Dot chetu 用西里尔字母的草书形式加以改写，就能得到 Demrémy 一词。Demrémy（栋雷米）是法国洛林大区一村庄、法国民族英雄圣女贞德的故乡，她曾把法国从英格兰统治下解放出来，后被英军俘获并处以火刑。由此看来，Dot chetu 在文中有一定的寓意。

留下来，给它们提供了过夜的地方［notchleg¹］，因为让这样的东西睡觉比较安全，以免它们被杀后变成鬼魂来骚扰我们。一天夜里，我感觉自己命在旦夕，就给它们签发了死亡执行令，你看到这个命令，就可以认出它们。我本来一直住在常住的那个旅馆，可是现在已搬到城外一个类似疗养院的地方了，注意这个地址。这封信我是差不多一个星期以前开始写的，"生活历程中"这几个字之前的部分，其用途是［prednaznachalos²］给另一个人的。然后不知怎的又写给你了，就像一个羞涩的客人到了陌生的房子里会跟带他来参加聚会的亲戚说个没完。所以，如果我让你厌烦［dokoochayou³］的话，请原谅我，可是不知怎么回事，我不大喜欢我从窗口看见的那些光秃秃的树枝。"

当然啦，这封信使我心烦，但是并没有让我过分忧虑，如果我当时知道塞巴斯蒂安从一九二六年以来一直患有无法治愈的病，并且在最近五年里病情不断恶化的话，我本来会更忧虑的。我必须惭愧地承认，我的自然警觉能力在某种程度上受到一个想法的制约，这个想法是：塞巴斯蒂安平时就爱精神紧张，身体出毛病时总容易过分悲观。我再说一遍，我一点儿都不知道他有心脏病，所以我总是劝慰自己，他身体不舒服是因为工作过累了。然而，他确实病了，并且央求我到他那里去，

1　用拉丁字母转写的俄语，过夜的地方。

2　用拉丁字母转写的俄语，其用途是。

3　用拉丁字母转写的俄语，使……厌烦。

他的语气对我来说很新鲜。他似乎从来不需要我和他在一起，可是现在却主动请求我到他跟前去。这使我感动，也使我困惑，假如我了解全部真相的话，我肯定会跳上第一趟火车去找他的。我是星期四接到的信，当即决定星期六去巴黎，这样我星期日夜里就能回来，因为我觉得我的公司不想让我在处理业务的关键时刻休假。我决定先不写信解释，等到星期六早晨再给他发电报，那时我也许就知道是否能坐上早一点的火车了。

那天夜里，我做了一个很不愉快的梦。我梦见自己坐在一间光线暗淡的大屋子里，我的梦幻已经匆忙地给屋子配备了零碎物件，那些东西都是来自我模糊地见过的不同房子，但是与原物有差别，或者是奇怪的替代物，例如那个书架同时又是一条满是尘土的道路。我有一种朦胧的感觉，那间屋子是在一个农舍里或乡下的小酒馆里——总的印象是木墙壁和木地板。我们在等塞巴斯蒂安——他在长途旅行后那天应该回来。我坐在一个大木箱子还是什么东西上，我妈妈也在屋里，在我们坐的桌子旁边还有两个人在喝茶——是我的办公室里的一个男人和他的妻子，这两人塞巴斯蒂安都不认识，他们是被梦想管理者安排在那里的——只是因为谁都可以上舞台充个数。

我们忐忑不安地在那里等待，有一种说不清的不祥预感使我们心情沉重，我觉得他们比我更知情，可是我不敢问我妈妈她看见一辆沾满污泥的自行车塞不进柜橱为什么会如此担心，那自行车似乎拒绝被塞进去，而橱柜的门总是打开。墙上挂着一幅轮船的图画，画上的波浪一直在动，就像毛毛虫一条接着一条地爬行，轮船摇来晃去，让我十分恼火——直到我记起人们等待旅行者归来时总要挂那样的画，那是古老的风俗。塞巴斯蒂安随时有可能到达，靠近门口的地板上已经撒了沙子，以免他滑倒。我妈妈拿着她无处藏匿的带泥的马刺和脚蹬走开了，那对面目不清的夫妇也悄然而逝，因为屋子里只有我一个人了。这时楼上一间狭长房间的门突然打开，塞巴斯蒂安出现了，他慢慢地走下一截直通这间屋子的摇摇欲坠的楼梯。他头发很乱，没穿外衣：我明白，他旅行归来后刚刚睡了一会儿。他下楼的时候，每走一步都要歇一会儿，总是抬起同一只脚准备迈下一级楼梯，并把胳膊搭在木制扶手上。当他被绊倒并仰面朝天溜下来的时候，我妈妈又回来帮他站起来。他走到我跟前时哈哈大笑，可是我感觉他在为什么事感到羞愧。他脸色苍白，没有刮脸，可是看起来还是比较快乐的。我妈妈手里拿着一个银杯，在什么东西上坐下，原来她坐的是一副担架，因为她很快就被两个男人抬走了，这两个人每星期六都来这里住，这是塞巴斯蒂安笑着告诉我的。我突然注意到，塞巴斯蒂安的左手戴着黑手套，手指头一动不动，而且他从来不用那只手——我非常害怕，心烦意乱，到了恶心的程度。我怕他在无意中会用那只手碰我，因为我明白那是装在手腕上的假手——我还注意到他做过手术，或是出过什么可怕的事故。我也明白他的外表和他到达时的总的气氛为什么那么怪异，可是，尽管他也许注意到了我在微微颤抖，可他还是继续喝茶。我妈妈回来取她先前忘记拿走的顶针，然后很快走开，因为那两个男人急着要走。塞巴斯蒂安问我他的指甲修剪师来了没有，因为他急着做准备，好参加宴会。我试图回避这个话题，因为我一想起他那只伤残的手就受不了。可是很快我看见整个屋子都成了锯齿状的手指甲，一个我过去认识的姑娘（但她奇怪地淡出了我的记忆）带着修指甲的小包来了，并在塞巴斯蒂安面前的凳子上坐下。塞巴斯蒂安叫我别看，但我不由自主地要看。我看见他解开手套，慢慢地往下拉；手套脱下来时，里面的东西洒了出来——许多只很小的手，像老鼠的前爪，发淡紫的粉红色，很柔软——有许多许多——都掉到地上，那个穿黑衣的姑娘跪到地上。我弯腰去看她在桌子底下干什么，只见她捡起那些小手放在碟子里——我抬起头，塞巴斯蒂安已经消失了，等我再弯腰的时候，那个姑娘也消失了。我觉得不能在那间屋子待下去了。可是当我转过身来去摸碰簧锁的时候，我听见身后传来塞巴斯蒂安的声音；他的声音似乎来自这间成了巨大谷仓的屋子的最黑最远的角落，谷物从一个有破洞的袋子里流出来，堆在我的脚边。我看不见他，我是那么着急要逃跑，我内心涌动的不耐烦情绪似乎淹没了他的话。我知道他在叫我，并说了很重要的事——还答应告诉我更重要的事，只要我去他坐着或躺着的那个屋角，因为他被落到脚上的沉重麻袋压得无法动弹。我向前挪动，然后传来了他最后一次执着的高声请求，他还说了一个短语，我梦醒后想一想，这个短语没有什么意义，但是在睡梦中它却铿锵作响，带着这种绝对瞬间的重负，带着给我破译一个巨大谜语的如此明显的动机，因此，如果我当时不是已从梦境中半醒的话，我肯定会跑到塞巴斯蒂安那里去的。

我知道，当你把整个胳膊伸进水中，伸到似乎有一个珠宝在白色的沙子里闪烁的地方时，你抓出来攥在拳头里的普通鹅卵石实际上是暗藏的宝石，尽管它看上去更像被每天的阳光晒干的鹅卵石。因此，我感到我梦醒时头脑里回响的那个无意义的句子，实际上是披露一个引人注目的秘闻的混乱不清的译文；当我躺着，听着熟悉的街市声音，听着从我头顶上的房间传来的不知给什么人用得过早的早餐助兴的无聊广播音乐时，某种可怕的恐惧用刺骨的寒冷使我几乎全身颤抖，于是我决定发一封电报，告诉塞巴斯蒂安我当天就去。出于对人情事理的某种愚蠢的判断力（在其他情况下，这种判断力并不是我的专长），我想我最好还是问一问我的办公室在马赛的分部，看我离开几天行不行。我发现不但不行，而且周末是否能离开还是个疑问。那个星期五，我忙碌了一天后回家非常晚。有一封电报在等着我，它中午就来了——可是很奇怪，日常的陈词滥调总是占统治地位，压制了梦幻给人的微妙启示，我竟然忘掉了那个梦在我耳边的忠告。因此我撕开电报时只是期待看到业务上的信息。

"塞瓦斯蒂安[1]病情无望速来斯塔洛夫。"电文是用法语写的，塞巴斯蒂安名字里的"v"是其俄语拼写的标音；不知道是什么原因，我走进盥洗室，在穿衣镜前站了片刻。然后我抓起帽子，跑下楼去。我到火车站时，是夜里差一刻十二点，零点零二分有一趟火车，第二天下午两点半到巴黎。

　　这时我发现没带多少现金，不够买二等车厢的票，一刹那间我跟自己争辩起来，如果我回去多拿些钱，然后赶最早的航班去巴黎不是更好吗？可是火车很快就要来了，这太有诱惑力了。我利用了这个最便宜的机会，正如我一生中常做的那样。火车刚开动我就震惊地意识到，我把塞巴斯蒂安的信忘在书桌上了，而且没记住他给我的地址。

1　Sevastian，用拉丁字母转写的俄语名字。

二〇

　　拥挤的车厢隔间很昏暗，令人窒息，到处可见乘客的腿。雨滴在窗玻璃上慢慢向下流淌：它们的细流不是笔直的，而是曲曲弯弯呈"Z"字形，时不时地暂停。蓝紫色的夜灯映在黑色的玻璃上。火车摇晃着，抱怨着，急速穿过黑夜。那家疗养院的名字到底是什么呢？它的开头是个"M"，它的开头是个"M"，它的开头是个……车轮在反复的急速滚动中乱了节奏，后来又找回了自己的节奏。当然啦，我会从斯塔洛夫医生那里得到疗养院地址的。到了巴黎就从火车站给他打电话吧。有一个人在睡梦中把穿着厚皮靴的脚踢到我的小腿之间，然后又慢慢收了回去。塞巴斯蒂安说的"常住的那个旅馆"指的是哪儿？我想不起来他在巴黎住过的任何一个具体的旅馆。是啊，斯塔洛夫会知道他在哪里的。Mar……Man……Mat……[1]我能及时赶到那里吗？我的邻座的臀部挤了我一下，当时他正在打鼾，从一种呼噜声转换到另一种呼噜声，听起来更悲伤。我能不能及时赶到那里见到他还活着……到达……活着……到达……[2] 他有事要告诉我，是再重要不过的事。昏暗的隔间摇摇晃晃，塞满了杂乱无章伸展的人体模型，在我看来，这车厢似乎是我那个梦幻的一个片断。他要在临终前告诉我什么呢？

雨点拍打着窗玻璃，发出啪啪声和叮咚声。一片幽灵般的雪片落在窗玻璃的一角，融化了。我前面有一个人慢慢地恢复了生气，在黑暗中搓弄纸张并咀嚼东西，然后又点了一支烟，香烟的圆光点瞪着我，就像库克罗普斯 [3] 的独眼。我必须，必须及时赶到那里。我收到信时为什么没有马上赶往小机场？如果那样的话，我现在就会和塞巴斯蒂安在一起了！是什么病让他生命垂危呢？是癌症吗？是心绞痛——像他的母亲一样吗？正如许多在生活的一般潮流中不关心宗教的人一样，我匆忙地发明了一个温柔的、温暖的、泪眼模糊的上帝，并悄声诵读非正式的祈祷词。让我及时赶到那里吧，让他坚持住等我去吧，让他告诉我的秘密吧。现在到处都是雪了：窗玻璃长出了灰色胡子。那个刚才嚼东西、抽烟卷的男人又睡着了。我能试着伸伸腿，把脚放在什么东西上吗？我用发烧的脚指头触碰着，可是黑夜里到处都是骨和肉。我渴望找一个木头做的东西把脚腕和小腿垫高点，可是没有找到。Mar……Matamar……Mar……那地方离巴黎有多远呢？斯塔洛夫医生。阿列克桑德·阿列克桑德洛维奇·斯塔洛夫。火车哐当哐当地驶过道岔，不断重复姓名中的"x"音。某个不知名的车站到了。火车停下来的时候，从旁边的隔间里传来了说话声，有人在讲一个总也讲不完

1　叙述者在努力回想疗养院的名字。下文中还有类似情况。

2　alive … arrive … alive … arrive …，四个词首尾都押韵。

3　Cyclops，希腊神话中的独眼巨人，眼睛长在前额上。

的故事。还有隔间门被拉到一边的声音，一个面露悲伤的旅行者也拉开了我们的隔间门，可是发现没希望找到座位。没有希望。Etat désespéré[1]。我必须及时赶到那里。火车在车站停的时间多么长啊！坐在我右边的乘客叹了一口气，并试图擦拭窗玻璃，可是玻璃仍然模糊，只透出一线朦胧闪动的黄光。火车又开动了。我的脊柱很疼，骨头沉重。我尽量闭上眼睛想打个盹，可是我的眼皮里面有一层漂浮的图案——还有一小束光，像一条纤毛虫那样游过，然后又从同一个眼角开始游动。我似乎从这束光里看出了早已驶过的那个车站的路灯的形状。然后出现了颜色；长着一只大羚羊眼的粉红色面孔慢慢地转向我——然后是一篮鲜花，然后是塞巴斯蒂安的没有修过的下巴。我无法再忍受这光学油彩盒了；我不断小心翼翼地左右躲闪，迈的步子就像用慢镜头拍摄的芭蕾舞演员的舞步，最后走到了过道上。那里灯光明亮，而且很冷。我抽了一会儿烟，然后跌跌跄跄地走向这节车厢的尽头，在火车底部一个隆隆作响的肮脏空洞上才摇晃了一会儿，又跌跌跄跄地走回过道，在那里又吸了一支烟。我一生中还从来没有过如此强烈的愿望，想看到塞巴斯蒂安活着——朝他弯下腰去，倾听他的话。他的最后一本书、我最近做的梦，还有他的信件的神秘性——这些都让我坚定地相信，他会吐露出某种特殊的启示。

1　法语，绝望状态。

如果我发现他的嘴唇还动的话。如果我不是去得太晚的话。在两个车窗之间的嵌板上有一张地图，但是它与我的旅途没有任何关系。我的脸映在窗玻璃上，很黯淡。Il est dangereux[1]……E pericoloso[2]……一个两眼红红的士兵与我擦肩而过，几秒钟之内我的手仍感到刺痛，因为刚才碰着了他的衣袖。我渴望洗个澡。我渴望把这粗鲁的世界洗掉，以便带着一种冷峻的纯洁气息出现在塞巴斯蒂安面前。他既然已无缘于尘世，我就不能用尘世的臭味刺激他的鼻孔。啊，我会看到他活着的。如果斯塔洛夫确知我来不及见到他的话，他电报上的措辞就不会是那样的了。那封电报是中午到的。我的上帝啊，电报是中午到的！已经过去十六个小时了，我什么时候才能到 Mar……Mat……Ram……Rat……不对，不是"R"——它是以一个"M"开头的。一刹那间，我看见了那个名字的模糊形状，可是我还没把握住，它就消逝了。还有一个障碍，那就是钱。我应该从车站马上回我的办公室去拿钱。办公室离得很近。银行要更远些。我的朋友里有谁离车站近吗？没有，他们都住在帕西或者圣克鲁德门一带——巴黎的两个俄国人居住区。我掐灭了第三支烟卷，去找一个不太挤的隔间。感谢上帝，我没有行李留在刚才的隔间，用不着回那里。可是整个车厢都塞满了人，我心里太难受了，无法走到火车的那一头。我甚至不敢肯定我摸索

1　法语，那是危险的。
2　意大利语，那是危险的。

着走进去的究竟是别的隔间还是原来的隔间，因为我看到的也全是膝盖、大腿和胳膊肘——尽管里面的空气大概不那么坏。我以前为什么一直没去伦敦看过塞巴斯蒂安呢？他曾经邀请过我一两次的。当时他是我最崇敬的人，可我为什么那么固执地避开他呢？嘲笑他的天才的那些蠢驴……特别是有那么一个老傻瓜，我真想拧他的瘦脖子——使劲地拧。啊，在我左边滚动的那个巨大魔鬼原来是个女人；花露水和汗水激烈地竞争着支配地位，最后还是花露水败下阵来。那整节车厢里没有一个人知道塞巴斯蒂安是谁。《丢失的财物》中的那一章翻译得那么差，刊登在 *Cadran*[1] 杂志上，要不就是 *La Vie Littéraire*[2] 吧？或者我是不是太晚了，太晚了——塞巴斯蒂安是不是已经死了，而我还坐在这个受到魔法诅咒的座椅上，虽然座椅上垫了一层薄皮垫，但它骗不了我那疼痛的屁股？开快点，请开快点！你们为什么认为值得在这个车站停下？为什么要停那么长时间？走吧，接着走吧。啊——这就好点了。

黑暗逐渐消退，成了一片灰色的朦胧，车窗外白雪皑皑的世界依稀可见。我穿着很薄的雨衣，感到冷得可怕。我的旅伴们的面部逐渐显露出来，仿佛遮盖他们的层层蜘蛛网和尘土被慢慢地扫掉了。我旁边的那个女人有一小暖瓶咖啡，她摆弄着它，表现出一种母爱。我觉得全身黏糊糊的，脸没

1　法语，《日暮》。

2　法语，《文学生活》。

有刮，很难受。我想，如果当时我那胡子拉碴的脸触到绸缎，我一定会晕过去。在单调的云彩之中，有一块肉色的云，一种暗淡的粉红色使悲伤孤独的贫瘠田野上一片片正在融化的积雪现出红晕。一条大路越伸越长，与我们的火车并行滑动了片刻，就在它即将拐向别处时，一个男人骑着自行车在积雪、雪泥和水洼里摇摇晃晃地前行。他到哪里去？他是谁？没有人会知道。

我想我当时一定是睡了一个小时左右——或者说我至少设法让自己内在的视野保持黯淡。我睁开眼的时候，我的旅伴们正在聊天，吃东西。我突然感到一阵恶心，于是赶紧出去，坐到一个折叠座上，一直坐到旅途结束，我的心就像那悲惨的早晨一样空荡荡的。我了解到，这列火车由于夜间的暴风雪或什么原因晚点了很长时间，因此我们在下午四点差一刻时才到达巴黎。我走出站台时冻得上下牙直打架，一刹那间我产生了一种愚蠢的冲动，想花掉口袋里叮当作响的两三个法郎硬币，买点烈酒喝。可我还是走向了电话亭。我翻着那本软塌塌、油乎乎的电话簿，查找斯塔洛夫医生的电话号码，我竭力不去想我很快就会知道塞巴斯蒂安是否还活着了。Starkaus, cuirs, peaux; Starley, jongleur, humoriste; Starov[1]……啊，找到了：Jasmin 61-93。我用手指头笨拙地拨了几下，可是忘了中间的数字，又

---

1 法语，斯塔科斯：皮革、毛皮；斯塔尔利：手技演员、幽默作家；斯塔洛夫，此处表现叙事者按照人名的字母顺序查找电话号码。

拿起簿子查找。我重新拨号，听了一会儿，只听见预兆不祥的嗡嗡声。我一动不动地坐了片刻：有一个人猛地打开门，然后生气地咕哝着退了出去。号码盘又转动了，并"啪"的一声转了回去，五次、六次、七次，还是传来那种带有鼻音的单调声音：咚、咚、咚……我为什么这么不走运呢？"你打完了吗？"问话的是刚才那个人——一个恼怒的老人，他的脸很像牛头犬的脸。我神经紧张，激动不安，和那个讨厌的老家伙吵了起来。幸运的是，旁边的电话亭这时已空了；他走了进去，"嘭"的一声关了门。我继续打电话。最后我打通了。一个女声回答说，斯塔洛夫医生出去了，但五点半能找到他——她给了我一个电话号码。我到达我的办公室时，不由自主地注意到，同事们对我的到来感到惊奇。我给上司看了我收到的那封电报，他并不像我有理由期待的那样同情我。他问了我几个尴尬的问题，关于在马赛的生意。最后我得到了我想要的钱，给等在门口的出租车司机付了费。那时是四点四十分，我还有差不多一个小时。

　　我去刮了脸，然后仓促地吃了早餐。五点二十分，我按照那个女人给我的号码拨了电话，接电话的人告诉我斯塔洛夫医生已经回了家，过一刻钟会回来。我极不耐烦，不能再等了，于是我拨了他家的电话号码。我先前听过的那个女声回答说他刚走。我靠在墙上（这个电话亭是在一个餐馆里），用铅笔敲着墙。我会永远到不了塞巴斯蒂安那里吗？那些在墙上写下

"处死犹太人"或"Vive le front populaire[1]"或留下淫秽图画的无事可干的白痴们都是些什么人呢？一个无名画家已经开始涂黑了一些方格——一个棋盘，ein Schachbrett[2]，un damier[3]——达姆耶……我的脑中突然闪过一道亮光，我脱口说出：圣达姆耶！我立刻跑出去，大声招呼一辆过路的出租车。他能送我去圣达姆耶吗，无论那个地方在哪里？他慢条斯理地打开一张地图，仔细看了半天。然后回答，到那里至少要走两个钟头——还得根据路况。我问他是不是认为我最好是坐火车。他说不知道。

"那么，尽量开快一点吧。"我说，我一骨碌坐进汽车时把帽子都碰掉了。

我们花了很长时间才驶出巴黎市。一路上遇到了人所共知的各种障碍，我恨透了警察在十字路口伸出的胳膊，我想我从来没有那么恨过任何东西。我们蜿蜒前行，终于摆脱了交通拥堵，驶进一条昏暗的长街。可是我们还是不够快。我推开玻璃窗，请求司机加速。他回答说，路太滑了——确实如此，我们的车侧滑了一两次。行驶一小时后，他停下来，向一个骑着自行车的警察问路。他们两人对着警察的地图看了半天，然后司机拿出自己的地图，他们把两张地图做了比较。我们先前在什么地方转错了弯，现在不得不返回至少几英里。我又拍了拍车窗：我们的出租车肯定是在爬行。司机摇了摇头，没顾得上回头。我看看手表，快七点了。我们在一个加油站前停下，司机和汽车修理商窃窃私语。我虽然猜不出我们是在什么地方，可是由于公路现在是沿着一片辽阔的田野伸展开去的，我希望我们正在接近我的目的地。雨水冲击着车窗玻璃，发出刷刷的声响。当我请求司机再开快点儿时，他发了脾气，说了很多粗话。我坐回到座位上，感到无奈和麻木。许多亮着灯的窗户一晃而过。我能赶到塞巴斯蒂安那里吗？如果我最后能到圣达姆耶，我能看见他活着吗？有一两次，别的汽车超越了我们，我让司机注意他们的速度。他没有回答，但是突然停下车，用夸张的动作猛地打开他那张可笑的地图。我问他是否又迷了路。他一直不说话，但是他那胖脖子的样子给人以邪恶的感觉。我们继续往前开。我满意地注意到他现在开得快多了。我们从一座铁路桥下通过，停在一个车站前。我正纳闷是不是到了圣达姆耶，司机从座位上走出来，猛地拉开车门。"哎，"我问，"现在怎么啦？"

"你怎么着也得坐火车，"司机说，"我不愿意为了你而毁了我的车。这是去圣达姆耶的支线，我把你送到这儿，你就够幸运的了。"

我比他想的还要幸运，因为几分钟后就有一趟火车。车站的警卫信誓旦旦地说，我九点以前就能到圣达姆耶。这最后一段旅途是最黑暗的一段。我一个人坐在车厢里，一阵奇怪的困倦袭击了我：尽管我忍耐不住，但还是生怕睡着了会坐过站。火车时常停下，每一次找站牌并辨认上面的站名都是让人烦恼的任务。有一段时间，我经历了可怕的感觉：我在沉睡之中被火车猛地摇醒，不知自己睡了多长时间——当我看手表时，是九点一刻。我坐过站了吗？我都有点想拉警报信号了，可是我感觉火车慢了下来，我趴在窗旁往外看，看见一个被灯光照亮的站牌飘了过去并停住了：圣达姆耶。

我磕磕绊绊地走了一刻钟，穿过几条阴暗的小巷，穿过一个有飒飒声的地方，估计是松树林，最后来到圣达姆耶医院。我听见门后传来拖着脚走路的声音和喘息的声音，一个胖老头把我让了进去，他没穿外衣，而是穿着一件灰色厚毛衣，还穿着一双毛毡拖鞋。我走进一间像办公室的屋子，里面光线暗淡，只有一盏没有灯罩的小功率电灯，灯泡的一面似乎沾着厚厚的尘土。那个男人眨着眼睛看着我，臃肿的脸上有一点睡觉时分泌出的黏液，有些发亮，很奇怪，不知是什么原因，我起初说话近乎耳语。

"我到这儿来，"我说，"是为了看望塞巴斯蒂安·奈特先生，奈特——K、n、i、g、h、t。Knight。Night[1]。"

那男人嘟囔着重重地坐到书桌旁边的吊灯底下。

"天太晚了，不接待客人。"他咕哝着，似乎在对自己说话。

---

1 夜晚，此词的发音与奈特的姓氏 Knight 相同。

"我收到了一封电报,"我说,"我哥哥病很重。"——我说话的时候觉得自己在努力暗示塞巴斯蒂安毫无疑问还活着。

"叫什么名字来着?"他叹着气说。

"奈特,"我说,"是'K'开头的。这是个英国人的名字。"

"外国人的名字应该用数字代替,"那个人咕哝道,"那要简单得多。昨天夜里死了一个病人,他的名字是……"

我突然产生了一个可怕的想法,他说的可能是塞巴斯蒂安吧……我还是来晚了吗?

"你是不是说……"我问,可是他摇了摇头,并翻着书桌上的一本账簿。

"不是,"他恼怒地喊,"那个英国先生没死。K、K、K……"

"K、n、i、g……"我又说。

"C'est bon, c'est bon[1]," 他打断了我的话,"K、n、K、g……n……你要知道,我不是白痴。三十六号。"

他按了电铃,又打着哈欠坐回自己的沙发。我在屋子里踱来踱去,由于无法控制的烦躁而微微颤抖。最后,一个护士进来了,那个值夜班的门卫指了指我。

"三十六号。"他对护士说。

我跟着护士沿着一条白色通道往前走,登上一截不长的楼梯。"他身体怎么样?"我禁不住问。

1　法语,好啦,好啦。

"我不知道。"她说。她把我领到另一个护士那里，那个护士坐在另一条白色通道的尽头，她简直就是第一个护士的翻版，正在一张小桌子旁边看书。

"看望三十六号的。"我的向导说，然后悄悄地走了。

"可是那位英国先生正在睡觉。"那个护士说，她是一个圆脸的年轻女人，鼻子很小，冒着亮光。

"他好点了吗？"我问，"你知道吗，我是他的弟弟，我收到了电报……"

"我想，他好点儿了。"那个护士笑着说，在我看来，她的微笑是我能想象出的最可爱的微笑。

"昨天早晨他的心脏病发作，很严重，很严重的。他现在睡着了。"

"嘿，"我边说边递给她一个十法郎或二十法郎的硬币，"我明天会再来的，可是现在我想进他的病房陪他待一会儿。"

"呃，可是你不要叫醒他。"她又笑着说。

"我不会吵醒他的。我只在他身边坐一分钟。"

"啊，是吗？"她说，"当然，你可以从这儿往里看，不过你必须非常小心。"

她领着我走到门前，三十六号。我们走进一间很小的房间或者说是储藏室，里面有一张长沙发；她把里边一道半开的门推开一点儿，我费力地往黑屋子里看了片刻。起先我只能听见自己的心在扑通、扑通地跳，可是后来我看出了一种急促而又柔和的呼吸动作。我睁大了眼睛；床的周围有一半被帘子或什么东西遮着，反正光线太暗，无法辨认是不是塞巴斯蒂安。

"哎，"护士小声说，"我把门稍微留点缝，你可以坐在这儿，在沙发上，就一分钟。"

她打开一盏有蓝色灯罩的灯就走了，把我一个人留在那里。我有一种愚蠢的冲动，想从口袋里拿出烟盒。我的手仍在抖，可是我感觉很快乐。他活着。他在平静地睡觉。这么说是他的心脏——是吧？——不给他作劲了……跟他母亲的情况一样。他好点儿了，还有希望。我要把全世界的心脏科专家都找来，让他们挽救他的生命。他就在隔壁房间的事实，他轻微的呼吸声，都让我感到安全、平和，让我感到特别松心。当我坐在那里握着手倾听的时候，我想起了所有已消逝的岁月，想起我们俩难得的几次短暂会面，我现在知道，一旦他能听我说话，我就会告诉他：不管他喜欢不喜欢，我都不会再远离他了。我做过的那个奇怪的梦，也就是我对他在临终前会向我披露的某种重要真相的信念——现在似乎很模糊、很抽象了，仿佛它被淹没在更纯朴、更人道的感情的暖流之中，被淹没在我对那个在半开着的门里睡觉的人的爱意的浪潮之中。我们是怎么彼此疏远的呢？我们在巴黎短暂交谈时，我为什么总是那么愚蠢和郁闷，总是那么羞涩呢？我要马上走开，到一个旅馆过夜，或许他们能在医院里给我找个房间——只待到我能见他的时候？我坐在那里倾听着，一刹那间我似乎觉得那个睡觉的人的微弱呼吸节奏停了一下，我似乎觉得他醒了，发出轻微的咬牙声音，然后又沉睡了：现在那个微弱的节奏又继续下去，声音是那么小，我很难把它与我自己的呼吸声分辨开来。啊，我要告诉他几千件事——我要和他谈谈关于《棱镜的斜面》和《成功》，关于《有趣的山》、《穿黑衣的白化病患者》、《月亮的背面》、《丢失的财物》、《可疑的常春花》——所有这些我非常了解的书，我对它们太了解了，仿佛它们是我自己写的。他也会谈的。我对他的生活多么缺乏了解啊！可是现在我每时每刻都在了解到一些事。那扇半开的门就是我能想象出来的最好的联系。那柔和的呼吸声在给我讲述塞巴斯蒂安的事，比我以前知道的还要多。如果我当时能抽烟，那我的快乐就完美无缺了。我稍微换了个坐姿，长沙发上的一根弹簧响了一下，我害怕它会打扰他的睡眠。可是没有：那柔和的呼吸声仍然在响，它沿着一条像是绕着时间的边缘延伸的细细的小径往前走，一会儿跌进空洞，一会儿又出现了——稳步地穿过一片由寂静的象征物——黑暗、窗帘和我身旁的蓝色灯光组成的风景。

我立刻站起来，蹑手蹑脚地走进走廊。

护士说："我希望你没有打扰他吧？他能睡觉是件好事。"

"请告诉我，"我问，"斯塔洛夫医生什么时候来？"

"谁？哪个医生？"她说，"啊，那个俄国医生。Non, c'est

le docteur Guinet qui le soigne。[1] 你明天早上会见到他的。"

"你看，"我说，"我想在这儿找个地方过夜。你认为也许……"

"你现在也可以见基内医生，"护士用她那平静的令人愉快的声音继续说，"他就住在隔壁的房间。这么说你是病人的弟弟，是吧？明天他的母亲要从英格兰来，n'est-ce pas？[2]"

"啊，不对，"我说，"他的母亲几年前就死了。请告诉我，他白天怎么样，说话吗？他很难受吗？"

护士皱起眉头看着我，样子怪怪的。

"可是……"她说，"我不明白……你叫什么名字啊？"

"对了，"我说，"我还没解释呢。实际上，我们是同父异母兄弟。我的名字叫［我说了我的名字］。"

"哎呀呀！"她喊道，脸涨得绯红，"Mon Dieu！[3]那个俄国先生昨天就死了，你刚才看的是基根先生……"

情况就是这样，我还是没见到塞巴斯蒂安，或者至少没在他活着的时候见到他。可是我倾听了我以为是他的呼吸的声音，那几分钟完全改变了我的生活；若是塞巴斯蒂安在临终前跟我说了话，同样会完全改变我的生活。不管他的秘密是什

---

1 法语，不对，负责治疗的是基内医生。

2 法语，是不是？

3 法语，我的上帝！

么，我也了解到了一个秘密，那就是：灵魂不过是存在的一种方式——不是一种恒久的状态，因此任何灵魂都可能是你的灵魂，如果你发现了它的波动并进行仿效的话。"来世"可能是一种有意识地生活在任何选中的灵魂或任何数量的灵魂里的完全的能力，所有这些灵魂都没有意识到它们的可以互换的负担。因此——我就是塞巴斯蒂安·奈特。我感觉自己仿佛站在一个灯光明亮的舞台上扮演他，还有他的熟人来来去去——他为数不多的几个朋友的模糊身影：那个学者、那个诗人和那个画家——以优雅的姿态平静地默默悼念他；古德曼来了，那个平足的小丑，他的假衬衫前襟从西装背心下面耷拉下来；看哪——克莱尔低着的头上闪着白光，她正哭着被一个好心的女仆带走。大家都围着塞巴斯蒂安转——围着扮演塞巴斯蒂安的我转——那位老魔术师怀里揣着兔子在舞台侧面候场；尼娜坐在舞台最明亮的角落里的一张桌子上，她那涂过脂粉的手掌朝下，攥着一个玻璃酒杯，里面盛着洋红色的水。然后假面舞会结束了。当灯光渐渐暗下去的时候，秃头的小个子提词人合上了他的本子。剧终，剧终。他们都回到自己的日常生活中去了（克莱尔则回到她的坟墓去了）——可是主角还留在舞台上，因为我无论怎么努力都无法摆脱我扮演的角色：塞巴斯蒂安的面具紧紧地贴在我的脸上，我们两人的相像之处是洗不掉的。我就是塞巴斯蒂安，或者说塞巴斯蒂安就是我，或许我们两人是我们都不认识的某个人。

译后记

　　《塞巴斯蒂安·奈特的真实生活》是俄裔美籍作家弗拉基米尔·纳博科夫（一八九九——一九七七）用英语写的第一部长篇小说。

　　纳博科夫生于俄罗斯圣彼得堡市一个贵族家庭，从小就受到良好的教育。一九一九年，他们全家为躲避俄国无产阶级革命而逃亡到英国，他进了剑桥大学。一九二三年大学毕业后他定居柏林，用俄语创作诗歌和短篇小说。后来由于纳粹德国崛起，他流亡到巴黎，继续用俄语写作，出版了两部长篇小说，在西欧文学界小有名气。一九三八至一九三九年，他在巴黎用英语创作了《塞巴斯蒂安·奈特的真实生活》。据说当时生活条件极为艰苦，他只好在卫生间里写作。一九四〇年，他在纳粹入侵法国之前移居美国，并带去了此书的手稿。一九四一年，《塞巴斯蒂安·奈特的真实生活》由美国新方向出版社出版。此书长时间没有受到评论界的重视，直到他的长篇小说《洛丽塔》（一九五五年）获得国际声誉后才得到重新评价和认可。

　　《塞巴斯蒂安·奈特的真实生活》中，主人公塞巴斯蒂安·奈特是一个虚构的俄裔英籍作家，他行踪隐秘，特立独行，以擅长写"研究小说"著名，但不幸英年早逝。故事的第一人称叙述者V是塞巴斯蒂安的同父异母弟弟。为了反驳传记作者古德曼对已故哥哥的歪曲，他决心为哥哥写一部传记。然而他对哥哥并不完全了解，加之缺少文学创作经验，写传记有一定困难。他仔细研究了哥哥的作品和少量遗留文件，走访了为数不多的知情人，力图追溯哥哥生前的踪迹，特别是要解开其两次恋情之谜。随着故事情节的展开，一个有才华、有个性、有怪癖的小说作家形象呈现在读者面前，而叙述者本人也在调查和写作过程中思考人生，思考文学创作，成了书中的又一个主人公。

对于《塞巴斯蒂安·奈特的真实生活》，许多欧美评论家已从不同角度做了评论，其中"带有不合理的魔幻色彩的文学侦探小说"（见英文版封底）这一评价似乎更为贴切。译者认为，这部小说内容丰富，内涵深刻，我们至少可以从三个不同的层面来解读：

从"侦探小说"的层面上讲，这部小说具有扑朔迷离、悬念迭生的特点，叙述者V虽然不是在侦办犯罪案件，但也是在破解一个秘密。由于"破案"所需的线索散见于全书各章，因此读者必须反复阅读，和叙述者一起观察、思考、分析，才能理出头绪，得出符合逻辑的结论，并感受探秘的玄妙和破谜的惊喜。

从"现代主义小说"的层面上讲，这部小说具有许多现代主义小说的特点，如意识流、内心独白、戏谑性模仿、打乱时空顺序的叙述等等，甚至带有一点荒诞的（或者说魔幻的）色彩。主人公对人性和社会的思考，也在一定程度上体现了现代主义的反传统思想和现代派作家对社会现实的消极看法。然而在小说快要结尾时叙述者还是暗示了某种"毋庸置疑的谜底"，相信作家去世后其精神将在作品中永存。

从"关于文学题材的小说"的层面上讲，这部小说探讨了一个作家的人格和生活经历对其作品的影响，以及"研究小说"和"传记"的创作方法。具有讽刺意味的是，叙述者V虽然声称不想把哥哥的传记写成"小说化传记"（biographies romancées），但从他讲述的调查和构思过程来看，最终的成果仍不可避免地会带有许多虚构成分，因为他没有足够的第一手资料（如塞巴斯蒂安的言谈、日记、书信、论文等），只能以自己的回忆为基础，从哥哥的小说作品中寻找其思想轨迹，根据知情人提供的线索进行调查、猜测、分析、拼凑和想象，这必然给他的叙述加上诸多主观因素和虚构因素。

纳博科夫的小说通常具有多重含义，因此除了上述三个层面之外，读者还可以从自己感兴趣的角度出发阅读这部作品，做出更多的解读，感受更多的乐趣。

在本书的翻译过程中，译者得到了南开大学孔延庚教授、谷恒东教授、陈曦教授、李珠副教授和天津大学潘子立教授在俄语、法语、德语方面给予的帮助，在此表示衷心感谢。